AF143398

Au-delà des apparences

FSC
www.fsc.org

MIXTE

Papier issu
de sources
responsables
Paper from
responsible sources

FSC® C105338

© Sandrine CHARRON, 2018
Édition : BoD – Books on Demand, info@bod.fr

Sandrine CHARRON

Au-delà des apparences

Polar

1

Juin 2003

Elle gisait, là, inerte en position fœtale sur le sol carrelé et froid du garage du domicile conjugal. Un sursaut de terreur lui fit changer de posture. La douleur était tellement insoutenable qu'elle sombra de nouveau dans l'inconscience. Ce qui ressemblait vaguement à une petite culotte souillée d'hémoglobine et roulée en boule se dégageait de sa tête. Son apparence n'avait plus rien d'humain. Son visage n'était plus qu'une boursouflure. Le sang séché avait pris une couleur brunâtre. L'arcade sourcilière explosée. La pommette gauche fracturée. La mâchoire enfoncée. Le nez cassé. Rien n'avait résisté au passage à tabac qu'elle venait de subir. Ses jambes maculées de sang jusqu'aux chevilles ne laissaient aucun doute sur la nature de l'agression. Ses vêtements arrachés parlaient d'eux-mêmes quant à la violence de l'acte. De larges entailles se dessinaient sur les bras. Ses seins avaient subi de nombreuses et profondes lacérations. Au fur et à mesure que le temps s'écoulait, les contusions laissaient place aux ecchymoses et autres hématomes qui paraissaient changer ce corps inanimé en un *patchwork* macabre.

***

Ce samedi de juin 2003, la journée s'engageait sous les meilleurs auspices. Un soleil radieux dès les premières heures et un ciel bleu immaculé. Les refrains estivaux qu'elle écoutait tout en se préparant lui promettaient une magnifique journée. La météo prévoyait de fortes chaleurs, le choix vestimentaire fut donc vite fait. Ce jour était particulier et elle tenait à être jolie. Elle jeta son dévolu sur la petite robe achetée quelques semaines auparavant, pour l'occasion. Légère et fleurie sur un fond blanc. Elle avait littéralement craqué dessus dans la boutique. Songeant qu'elle devait être très confortable pour l'utilisation à laquelle elle l'avait destinée.

Pour les chaussures, le problème ne se posait pas, et ça la fit sourire. Elle les collectionnait. Le confort était le critère absolu. Les sandales blanches et dorées. Des talons légèrement surélevés. Elles étaient parfaites et son dos allait apprécier ce choix judicieux.

Pour finaliser sa tenue, il lui fallait l'accessoire indispensable que toutes les femmes prennent un soin précieux à choisir. Celui qui sublimera la tenue. Là encore, la sélection fut rapide. Le foulard Hermès. Son objet fétiche qui ne la quittait plus, depuis que son mari le lui avait offert trois ans plus tôt.

Elle venait de recevoir sa toute récente affectation après la réussite de ses examens. Sa carrière professionnelle pouvait enfin commencer. Un cadeau raffiné pour une situation prometteuse.

Elle affectionnait beaucoup ce grand quadrilatère soyeux. Proche du mètre carré, multicolore sur fond dominant parme. Les bords plus foncés donnaient un vif éclat à la pièce. Les motifs représentaient des chevaux à bascule et divers jouets à l'effigie du cheval. Le roulotté fait main, d'une finition impeccable. Une pièce rare et luxueuse que le «designer» Dimitri Rybaltchenko avait créée avec finesse et esthétisme. Pour pouvoir le porter le plus souvent possible, elle allait jusqu'à choisir ses vêtements en fonction du foulard.

Elle était prête. Les réjouissances pourraient bientôt s'ouvrir. Elle espérait tant de ce moment de relâche tellement attendu et préparé durant toute l'année. Que ce soit une récréation, une pause bien méritée pour tout le monde. Elle savait que l'organisation était irréprochable et rigoureuse. Tous les intervenants avaient un rôle bien précis à tenir afin que le «timing» soit respecté et que les diverses activités se déroulent parfaitement. La sono, les barbecues, la buvette et les stands étaient prêts pour accueillir la foule. Chacun s'était investi, avait donné de son temps et de son énergie pour que cette journée de juin tienne toutes ses promesses.

Et la promesse fut tenue. Rires, danses, chants, jeux, joie et bonne humeur contribuèrent à ce que la fête soit une réussite. Tout le monde repartit réjoui et ravi de l'ambiance chaleureuse qui avait régné. De nombreuses anecdotes désopilantes seraient à se remémorer avec grand enthousiasme dès le lundi suivant.

Quand les participants de cette joyeuse manifestation désertèrent les lieux, elle se sentit soudain un peu lasse. Les préparatifs et l'organisation de l'événement avaient débuté dès l'aube et la journée éreintante qui avait suivi avait eu raison d'elle et de ses capacités d'endurance.

Son état la rappelait à l'ordre et d'autant plus à cette période de l'année. C'est donc raisonnablement qu'elle décida de rentrer à pied. Elle en aurait pour vingt-cinq minutes, tout au plus. Son mari, qui avait participé de bon cœur à la fête, lui avait promis de rester pour donner un coup de main au rangement de ce joyeux bazar. Après un baiser langoureux et des recommandations affectueuses, comme on les ferait à un enfant, il la regarda s'éloigner. Elle était belle dans sa robe fleurie aux couleurs de l'été ; son foulard Hermès, qu'elle adorait, délicatement posé sur ses épaules. Elle marchait le sourire aux lèvres. Les confettis qu'elle foulait de ses sandales et qui s'insinuaient sous ses pieds l'amusaient. Elle était fatiguée, mais heureuse. Il était vingt heures trente. Les résidents épuisés par les festivités avaient regagné leurs foyers. Seuls quelques badauds se délectaient encore de cette journée estivale dans le parc qui faisait face au site qu'elle venait de quitter. Le quartier avait enfin retrouvé son calme.

La chaleur étouffante l'avait ralentie un peu. Il ne lui restait que quelques dizaines de mètres à parcourir avant d'atteindre son domicile. Tout en se distrayant de voir ses petits voisins s'ébrouer et crier dans la piscine, elle chercha ses clés dans sa pochette qui lui descendait sur le côté. Elle ne contenait que le strict minimum : téléphone, trousseau et porte-monnaie.

Elle emprunta enfin la petite allée bordée de très hauts cyprès luxuriants. Le chemin menait à la porte du garage. Son mari et elle utilisaient quotidiennement le sous-sol pour accéder à la maison, l'entrée principale se trouvant de l'autre côté. Le portail déverrouillé, les bras levés pour le faire basculer, elle sentit que son foulard glissait de ses épaules. Elle prit le temps de s'assurer que la porte était bien sécurisée et qu'elle ne lui retomberait pas dessus avant de se retourner pour ramasser son étoffe.

Il était là. Elle n'avait rien vu venir. Les clapotis, les cris provenant de la piscine et l'ouverture du portail avaient couvert tout crissement de pas ou de respiration suspects, qui auraient pu l'alerter. La vision à contre-jour de cette silhouette encapuchonnée ne dura que quelques dixièmes de seconde. Il était déjà trop tard. Le carré de soie se resserra inexorablement autour de son cou. Il était désormais dans son dos et continuait à l'étreindre. Dans un ultime réflexe, elle porta ses mains au niveau de sa gorge. En vain. Il sentit le corps de sa victime s'abandonner, s'affaisser. C'était le bon moment. Il tira violemment sur une extrémité du foulard afin de le dégager et la laissa choir sur le sol, comme un vulgaire objet. Elle tomba comme une poupée de chiffon. La tête heurta le sol dans un bruit sourd. Il savait que le temps était compté et il devait faire vite. Il se retourna et fit basculer à nouveau la porte.

Le rangement de la fête venait de se terminer. Le mari appela la jeune femme sur son mobile. Pas de réponse. Le téléphone portable resta muet. Il tenta un nouvel appel, sans succès. Il ne s'inquiéta pas vraiment et continua à tailler la bavette avec ses amis. Après quelques minutes, tous décidèrent de prendre congé. Un repos bien mérité s'imposait.

Le mari s'engagea à pied, en direction de son domicile. Il flâna, appréciant le calme qui l'entourait. Sur le trajet, il composa de nouveau le numéro de sa femme. Il imagina qu'elle était probablement sous une douche rafraîchissante. Avec un peu de chance, il aurait le temps de la retrouver à son arrivée. Ils profiteraient à deux de ce moment intime. La sonnerie le renvoya sur la messagerie. Troublé par ce curieux silence, il pressa le pas. Il ressentit une sourde angoisse. Son épouse était enceinte de cinq mois. Son inquiétude augmenta encore. Un malaise ? Avec cette température ambiante, possible. En sueur et nerveux, il envisagea soudain le pire. Mais il était à mille lieues de soupçonner ce qui était en train de se passer chez lui.

Dans le garage, l'agresseur se pencha sur la jeune femme évanouie. Il la renifla tel un chien venant de déterrer un vieil os. Il sortit un cutter de sa poche, érigea la lame à son maximum, geste qui lui provoqua une érection instantanée. La robe de sa proie remontée jusqu'à la taille lors de sa chute dévoilait une culotte blanche. Les fanfreluches de dentelle la rendaient délicate et subtile. Avec une moue de déception de ne pas découvrir des dessous plus excitants, il passa son arme de chaque côté du slip et tira dessus brutalement. Il attrapa son trophée de sa main libre, le porta à son nez et huma de tous ses poumons. Il allait défaire son pantalon compressant son membre gonflé quand il s'aperçut que son souffre-douleur venait de bouger. La proie tenta d'ouvrir les yeux avec un gémissement. Elle n'en eut pas le temps. Il lui enfonça la culotte au fond de la gorge. La silhouette arracha sa robe, juste tenue par deux petites bretelles. Elles ne firent pas le poids contre une telle fureur. Son poing s'abattit sauvagement sur son visage ; l'arcade céda sous le choc.

Le cauchemar ne faisait que commencer dans un déferlement de violence. Elle essaya de nouveau d'ouvrir les yeux. Le sang coulait abondamment et recouvrait ses globes oculaires, l'empêchant de voir. Quand elle tenta de se débattre à l'aide de ses bras, à l'aveuglette, elle sentit une douleur fulgurante lui déchirer un avant-bras. Puis l'autre. Sous la souffrance, elle capitula. L'assaillant profita de cet instant pour lui tirer les deux bras loin derrière la tête. Il les lia entre eux avec le foulard et attacha le tout à un pied de l'établi se situant à quelques mètres des lieux de l'assaut. La lame vint pénétrer la chair des seins de la suppliciée. L'envie de hurler sans pouvoir émettre aucun son, à cause du bâillon improvisé obstruant sa bouche. La situation ne lui laissait entrevoir aucune issue pour éviter ce qui de toute évidence était inévitable. Des larmes se mélangeaient au sang. Le bourreau frappa, encore et encore sans jamais prononcer un mot à l'attention de sa martyre.

Inerte et sans défense, elle fut enfin à sa merci. Le taux d'adrénaline de l'homme atteignit son paroxysme. Haineux, il se hâta de baisser son pantalon et prit soin de dérouler un préservatif sur son sexe tendu et douloureux de plaisir. Puis, il écarta sans difficulté les jambes de sa proie et la pénétra avec une bestialité innommable. Il émit un râle de soulagement dont il réussit à maîtriser le niveau sonore. Après une dizaine de va-et-vient, haletant, il se retira. Le pantalon au bas des chevilles, il se traîna jusqu'au lien qui neutralisait sa victime et le dénoua. Sans perdre de temps et avec une force décuplée par l'excitation il retourna celle qui était devenue son objet sexuel. Il plia les jambes de son pantin et les poussa en avant avec une facilité hallucinante. Il allait finir sa sale besogne et éjaculer en sodomisant sa marionnette. Une exécution sexuelle. Déchirante, immonde et dégradante, comme il aimait la pratiquer. Les bras ballants et la face contre terre de son esclave, toujours perdue dans l'inconscience, n'affaiblirent pas les pulsions destructrices de celui qui resterait à jamais, une ombre. Les cris, les hurlements, lui faisaient perdre ses moyens. Seul le silence l'excitait et lui inspirait une violence inouïe.

Assouvi, il s'autorisa quelques secondes pour reprendre son souffle, tourna sur lui-même en refermant son pantalon et observa. Il ne devait rien laisser derrière lui qui pourrait le compromettre. Il déguerpit comme il était arrivé. Il avait juste abandonné sa poupée, comme un jouet trop usé dont on ne veut plus. Brisée, violée, elle gisait immobile et meurtrie.

2

Juin 2014

— Maamaan! C'est bientôt l'heure?

Léo dévale l'escalier avec son cartable à roulettes. Le choc des roues sur les marches en bois crée un bruyant fond sonore qui met sa mère, Céline, en rogne à tous les coups.

— Léo, arrête un peu avec ce cartable, c'est infernal, on croirait un tremblement de terre, rouspète sa mère.

— Heureusement pour toi que papa n'est pas là.

Finalement, l'enfant se ravise et décide de finir sa course en portant son sac d'écolier. Il déboule dans la cuisine.

— Bonjour m'man!

Céline lui dépose un baiser sur le front.

— Bonjour, mon grand! Viens manger quelque chose avant de partir.

Léo acquiesce et se hisse sur le tabouret de bar. Un généreux verre de jus de fruits et deux tranches de pain recouvertes de pâte à tartiner attendent d'être engloutis par le gamin affamé. Léo a toujours bon appétit après avoir passé une bonne nuit.

— Maman, tu m'as mis quoi pour le goûter?

— Heu, je ne l'ai pas encore préparé, mais dis-moi ce que tu aimerais.

— Des biscuits et une carotte si tu en as, s'il te plaît.

— Une carotte, quelle idée ? Tu ne veux plus de pomme ?

— Non, j'en ai assez des pommes, et tu sais à l'école on apprend la nutrition, et la maîtresse nous a expliqué qu'il fallait varier notre alimentation. Elle nous a dit aussi que les pommes c'est bon pour le… le tran…

Il hésite.

— Le transit, l'aide sa maman tout en l'écoutant attentivement.

— Oui c'est ça ! Et même que, quand le soleil arrive au printemps, il faut manger des carottes pour préparer notre peau aux rayons UV. Alors, je veux bien une carotte et en plus c'est excellent pour la vue.

— Le printemps est bientôt terminé, Léo. Dans quelques jours, c'est l'été ! Mais bon, va pour une carotte, alors ! Je vais te l'éplucher.

— Non, surtout pas, tu sais que les vitamines se trouvent dans la peau. Je vais préparer mon goûter, je suis capable de le faire. Tu veux bien, maman ? termine-t-il fièrement.

— Oh, mais tu es incollable sur le sujet. On dirait bien que les fruits et légumes n'ont plus de secrets pour toi.

Céline accepte et contemple son fils. L'émotion l'envahit soudain. Léo a grandi, dans ses propos, dans ses attitudes. Le temps passe à une vitesse fulgurante et ça l'effraye un peu de perdre « son bébé ». Léo est rentré au CP en cette année 2014. Il est un bon élève. Curieux, il a faim d'apprendre et possède la capacité à retenir les enseignements avec beaucoup de facilité.

Léo aura sept ans le deux septembre. Souvent un jour de rentrée. Mais il aime cette situation, parce qu'il a toujours un cadeau, ça lui permet de mieux accepter le retour sur les bancs de l'école. Le mois de juin est déjà bien entamé, il lui reste quelques semaines avant de terminer l'année scolaire. Les vacances arriveront très vite. Léo ne sait pas encore où il les passera. Au mois de septembre, il intégrera la classe de CE1.

— Maman, je rentre à pied, cet après-midi.

Aucune réponse de sa mère, perdue dans ses songes.

— Maman ? Allo ! répète Léo en agitant les bras devant le visage de sa mère.

Céline sort soudain de ses pensées nostalgiques.

— Heu, oui… oui Léo, si tu veux. Depuis un mois tu rentres tout seul. C'est vrai que tu es grand maintenant, mais tu promets de faire très attention et…

Elle n'a pas le temps de finir sa phrase.

— Oui maman, je sais, t'inquiète pas, à force de me le répéter tous les jours, j'ai compris, et je ne suis plus un bébé, tu sais. Je vais passer au CE1 bientôt !

Sa mère lui sourit.

— OK, tu as raison. Tu n'es plus un bébé, certes, mais moi je reste ta maman et c'est mon rôle de te rabâcher toujours les mêmes choses.

Ils éclatent de rire en chœur.

— En parlant de bébé, tu te rappelles qu'on se voit aujourd'hui ?

Léo reste perplexe un instant. Puis, avec une grimace peu contenue, il ajoute :

— Ah oui, c'est vrai, c'est le jour de la passerelle ! Pfff !

L'école maternelle et l'école élémentaire ne se situant pas au même endroit, les directions des deux groupes scolaires organisent au mois de juin «une journée passerelle».

Cet arrangement consiste, pour les élèves de grande section de maternelle, à se rendre dans la grande école : visite des lieux, prise de contact avec leur nouvelle enseignante de CP et approche des différents apprentissages qui leur seront enseignés. Quant aux enfants de la classe de CP, ils cèdent leurs places aux petits en réintégrant la classe de GS de la maternelle, le temps d'un après-midi. Ils peuvent ainsi fièrement lire des histoires aux plus petits, la lecture étant une compétence acquise durant l'année de cours préparatoire.

Une passerelle est également constituée entre la crèche et la maternelle, fondée sur le même principe. Les «bébés» viennent se familiariser avec leur future classe.

— Ne fais pas cette tête, mon Léo, c'est un moment sympa et puis tu vas revoir tes anciennes maîtresses. Elles seront fières de toi. Et moi alors, je compte pour du beurre ? J'accompagne les grands et je reviens à l'école, on pourra se voir, fait Céline avec un clin d'œil malicieux.

— Oui c'est cool, avant, on se voyait tous les jours quand j'étais encore chez les petits, mais ça, c'était avant ! conclut-il espiègle.

Céline Charvet est agent territorial depuis cinq ans. Pendant sa grossesse, ayant appris qu'un poste serait prochainement à pourvoir sur la commune, suite à un départ en retraite, elle a décidé de passer le CAP petite enfance. Elle a enchaîné, l'année suivante, avec un concours. Période éreintante. Le bébé prenait beaucoup de temps et ne lui en laissait que trop peu pour les révisions. Mais Céline est une femme dynamique et volontaire, qui doit impérativement réussir ce qu'elle entreprend, coûte que coûte. Et elle a obtenu ces deux examens avec succès.

Son mari s'est violemment opposé à son choix et son besoin de retravailler. Sa femme devait gérer le foyer et son enfant. Du moins, c'est comme cela qu'il envisageait l'avenir de son épouse. Elle a tenu bon devant les menaces de séparation qu'il proférait régulièrement. Céline ne doit pas dépasser le mètre soixante, mais elle a un physique de sportive et ne néglige pas son corps. Elle possède un tempérament bien trempé tout en restant juste et intègre. Ses qualités physiques et psychiques contribuent largement au bon fonctionnement du couple. Elle se fait souvent violence et se remet en question, pour ensuite jouer le rôle du juge et de l'avocat. Il faut une certaine hardiesse pour redresser le navire en période de tempête. Son mari, Laurent, est caractériel, parfois lunatique. Concrètement, Céline sait que le comportement de son époux est cyclique, et qu'elle vogue successivement entre mer calme et tumultueuse.

Elle a donc envoyé sa lettre de candidature et son CV à la mairie pour l'emploi tant convoité. Le fait de résider dans la commune a pesé lourd dans la balance et quelques semaines plus tard le poste lui était attribué. Cette affectation lui a permis de ne rien manquer de l'évolution et de l'éducation de son fils, scolarisé dans la maternelle. Un argument qu'elle n'a pas omis de formuler à Laurent, finalement satisfait de la situation. Tout le monde y trouvait son compte et Céline s'épanouissait dans son travail, tout en ayant un œil protecteur sur Léo. La tempête a enfin cessé, les sautes d'humeur de Laurent mises en sommeil, jusqu'au prochain cycle. Comme un volcan endormi.

L'heure du départ pour l'école approche. Depuis son entrée au CP, Céline dépose Léo au périscolaire de l'école élémentaire avant de regagner son travail. En bas de l'escalier, Céline appelle son fils.

— Léo, tu es prêt ? On va y aller !

Comme à son habitude, l'enfant est remonté pour finir de se préparer, après le petit déjeuner.

— Oui m'man je suis prêt, j'arrive !

— Mais tu es tout beau, dis-moi ! proclame sa mère en le regardant descendre. C'est pour qui, ce costume d'apparat ?

— Mais j'ai pas de costume ! Et puis, c'est qui apparat ?

Sa mère rit aux éclats, ce qui ne manque pas de gêner le garçon.

— Mais non, mon grand, je te taquine. On dit qu'on porte un « costume d'apparat », quand on est beau, élégant et éclatant… comme toi ! Tu as une amoureuse ? Tu ne m'en parles jamais !

— Arrête, c'est n'importe quoi ! s'agace Léo.

— Allez c'est parti mon kiki! lui lance-t-elle en lui ébouriffant les cheveux, qu'il vient juste de modeler en coiffé/décoiffé avec une grosse louche de gel. C'est la méthode de sa mère pour estomper la masse de produit coiffant, que Léo ne sait pas encore tout à fait doser.

Un dernier coup d'œil dans le cartable. Tout y est. Une dernière vérification au nœud de la mascotte accrochée à la poignée. Il tient beaucoup à cette relique. Léo lui a donné le nom de Mascotte dès qu'il est entré au CP. C'est son «doudou» attitré depuis ses premiers mois de vie. Il n'est pas banal pour un objet transitionnel, mais c'est celui que l'enfant a choisi. Il ne s'en sépare que très rarement. Il n'a rien d'un doudou ordinaire. Léo peut se permettre de le garder attaché à son sac, sans craindre les moqueries.

Le nouveau nom de cet objet fétiche a provoqué un débat. Un de plus. Léo voulait le renommer «grigri». Laurent, son père, a déclaré furieusement que sa famille ne faisait pas partie d'une secte. Son truc, il devait l'appeler «Mascotte», comme pour le foot ou le rugby, et si ça ne convenait pas, il le brûlerait. Céline a approuvé «Oh! Oui Mascotte, c'est chouette!» en espérant que Léo fasse de même et que les tensions s'apaisent. Léo n'a pas été dupe, pour un enfant de son âge. Il a compris la manœuvre de sa mère et a accepté l'option de son père. Mascotte ne brûlerait pas en enfer! Le sujet était clos.

Il est temps de partir. Céline et Léo sortent de la maison. Le garçon part devant en faisant rouler son cartable, pendant que sa mère verrouille la porte. Ils embarquent dans la voiture et prennent le chemin des écoliers. Une journée bien remplie s'annonce pour l'un et l'autre.

Le mois de juin n'est pas vraiment de tout repos dans le milieu scolaire, contrairement à ce que pensent beaucoup de gens. Le programme pédagogique bouclé, les équipes éducatives sentent irrémédiablement la fatigue les gagner. Les enfants, eux, se relâchent. L'excitation générale est à son comble à l'approche des vacances et il faut composer avec chacun. Les adultes doivent rester vigilants et veiller à calmer la frénésie de certaines «têtes brûlées» usant de leur tyrannie envers les plus vulnérables. Des garnements initient les autres aux «jeux dangereux». Ils se pratiquent, malheureusement, dès la maternelle. Ce sont essentiellement des jeux d'évanouissement que l'on peut souvent observer dans les cours de récréation. La surveillance est devenue un exercice de haut vol. C'est sans compter le nouveau passe-temps des galopins, qui n'est autre que jeter des cailloux sur les véhicules empruntant la rue de l'école. Ou encore, insulter les passants. Si petits et déjà pleins de ressources!

Mais, le mois de juin, c'est aussi la fête des Pères et la préparation de la kermesse. Un grand moment pour les enfants. Les répétitions intensives et hilarantes pour que tout soit parfait le jour J, relèvent plus souvent d'un spectacle comique que d'une représentation de fin d'année.

Il est sept heures quarante-cinq, Léo et Céline commencent leur journée…

3

Lorsque Martin Bellamy arrive chez lui, il est aux alentours de midi. Il vient de passer ses jours de repos dans le Vercors. Il voue une passion à la Résistance de la Seconde Guerre mondiale au cœur de cette région, depuis son adolescence. Il regagne le massif, une forteresse naturelle, dès qu'il a un peu de temps libre ou qu'il éprouve le besoin de se ressourcer, de se mettre au vert.

Martin en a fait un sacerdoce, c'est son Saint-Jacques-de-Compostelle à lui. Durant ses périples, il a déjà écumé de nombreux sites «des chemins de la liberté». Le mémorial de Vassieux-en-Vercors, la cour des Fusillés sur la commune de La Chapelle-en-Vercors ou encore la grotte de Luire, du côté de Saint-Agnan, entre autres lieux de mémoire.

Pour cette petite semaine de vacances, Martin a choisi le Pas de l'Aiguille, situé à Chichilianne, au sud de Grenoble. L'hôtel Gai Soleil, niché au pied du roc du mont Aiguille, dispose d'un espace «bien-être». Il est parfait pour se détendre après les séances sportives qu'il s'impose. Martin est un sportif assidu et ne compte pas les heures à pratiquer divers entraînements.

En découvrant la région, il a appris qu'une course était organisée tous les ans, en juillet, «le trail des passerelles». Il va participer pour la troisième année consécutive à cette épreuve de trente-neuf kilomètres. Le cadre est idéal pour évaluer son endurance et sa progression.

Le sentier du Pas de l'Aiguille monte sur un kilomètre, avec un dénivelé de quatre cents mètres. Il faut compter une heure et quart environ, pour y accéder en marchant. Martin le fait en courant. Aller et retour, lors de ses premières matinées d'entraînement. Au sommet, il reprend son souffle. Il se recueille devant l'imposant mémorial en pierre de taille et la grotte dans laquelle vingt-trois maquisards se sont retrouvés coincés sous le feu ennemi, durant trente heures.

Le panorama est magnifique et il ne se lasse pas d'admirer les bouquetins en train de jouer et paître paisiblement, à l'aube. Les plus jeunes du troupeau s'aventurent sur le côté du sentier pour l'accompagner dans sa course, provoquant des éboulis sous leurs sabots.

Martin s'arrête, cherche l'embout de son « camelbak » pour se désaltérer. Tout en aspirant l'eau, ses yeux se posent sur une silhouette grise, à quelques pas de lui. Il ne bouge plus et retient son souffle, tant il voudrait que cette vision soit éternelle. Un loup. Au milieu du chemin. En train d'observer la descente effrénée de Martin. Leurs regards se croisent quelques secondes. La bête mythique lui tourne le dos, puis s'enfonce dans l'épaisse forêt de sapins. Des instants magiques.

Un peu plus tard, il commande un déjeuner léger au restaurant de l'hôtel, puis il repart pour un après-midi d'athlétisme, au milieu des bois du Vercors. Une excellente mise en jambes. Le quatrième jour, il décide de se lancer très tôt, sur le parcours du trail. L'ultime préparation, sur place, à la course qui aura lieu un mois plus tard. Il s'autorise deux arrêts sur les passerelles du Drac et de l'Ebron pour contempler le paysage époustouflant des sites. Il profite du point de vue exceptionnel que lui offre le lac du Monteynard. Martin termine son entraînement avec une certaine exaltation, en constatant qu'il a amélioré son temps. Il a gagné quinze minutes sur le chrono de l'année précédente. Il a couru cinq heures et il va passer le reste de la journée à se prélasser dans le «spa» de l'hôtel, vidé mais satisfait de sa performance.

Le culte du sport, Martin l'a développé suite à son engagement dans l'armée de terre. Le BEP de mécanique acquis, il n'a pas décroché d'emploi après l'obtention du diplôme. Il passait ses journées à traîner son oisiveté aux côtés d'énergumènes pas toujours très fréquentables. Son esprit vif et la crainte de sombrer dans la délinquance l'ont fait réagir rapidement, face à sa situation bancale.

Finalement, il a décidé de rentrer dans les rangs. C'est au sein du 17e° régiment du génie parachutiste de Montauban qu'il a fait ses armes. Puis, Martin s'est envolé pour la Nouvelle-Calédonie, avec son régiment. Quand il est rentré de ces quelques mois en outre-mer, l'opportunité de passer le concours de sous-officier de gendarmerie s'est présentée. Il a alors saisi sa chance. Son examen en poche, il a intégré l'école de gendarmerie de Châteaulin dans le Finistère, sans grand engouement. Cette région qu'il n'affectionne pas, il a dû la défier contre vents et marées.

Le rebelle qu'il a naguère tenté d'incarner sans succès est désormais bien loin. Sa carrière militaire l'a métamorphosé irréversiblement. En dépit du climat breton qui ne lui a guère convenu, il est sorti major de sa promotion. Le choix de son incorporation est alors devenu possible. C'était son objectif. Pour arriver à ses fins, il avait fourni un travail cinglant et sans relâche.

Martin est obstiné, persévérant et parfois entêté. Rien ne doit lui échapper et tout doit être sous contrôle. Son option confirmée, il a intégré, confiant, l'escadron en gendarmerie mobile de Satory. Une affectation qui lui a permis de voyager derechef lors d'un nouveau départ en Guadeloupe, pour quatre mois. D'autres expéditions en OPEX sont ensuite venues jalonner son parcours.

Il a toujours pris sa vie en main sans demander l'avis ou l'approbation de quiconque, suivant son instinct et ses envies. Martin brille désormais dans sa carrière professionnelle. Il est adjudant-chef à la Section de Recherches de Lyon, au sein du groupe «atteinte à la personne».

C'est un solitaire. Beau gosse ténébreux à la musculature enviée, il reste pourtant célibataire et très évasif sur le sujet, qui n'en est pas un selon lui. Au grand dam de ses parents.

Originaires de Bretagne, son père et sa mère sont propriétaires du «Beau manoir», un restaurant gastronomique situé dans le très pittoresque village des Baux-de-Provence. La décision de se déraciner et de migrer dans le sud a vite été conclue. Le médecin avait été clair : le climat humide du nez de l'hexagone ne conviendrait jamais à Martin. Il n'avait que quelques mois quand sa première bronchiolite s'était déclarée.

Asthme, eczémas avaient suivi impitoyablement et sévèrement. D'après le praticien, seule une région sèche et chaude améliorerait la santé de Martin. Le choix du lieu s'était tout naturellement imposé lors de vacances familiales.

Au pied des Alpilles, s'étendaient des champs d'oliviers verdoyants dans lesquels les cigales avaient élu domicile pour jouer leur sérénade. Un air iodé mais sans trop, c'était juste parfait! Le cadre majestueux du château surplombant le vieux bourg des Baux, le restaurant à vendre qui faisait de l'œil, c'était d'une telle évidence! Quelques mois plus tard, les Bretons s'installaient dans le sud. Martin avait trois ans.

L'embellie quasi immédiate de l'état de santé de Martin a définitivement entériné la résolution de «tout plaquer pour une vie meilleure». Un choix salutaire pour tous.

L'adjudant-chef descend rendre visite à ses parents et prendre du bon temps avec eux, aussi souvent que son emploi du temps le lui permet. Il aime ce terroir, cet endroit aux vertus apaisantes et calmantes dont il a bénéficié.

Le restaurant est voisin avec la gendarmerie. Une entente très cordiale s'est instaurée entre la famille bretonne et la brigade. La caserne organise un repas annuel dans l'établissement familial juste avant les vacances d'été. Depuis son enfance, Martin n'en a jamais manqué un. C'est certainement cette proximité qui a influencé son parcours. Il ne s'est jamais posé la question.

Il apprécie chaque rencontre amicale et conviviale avec ses collègues sudistes.

À l'aube de ses trente-cinq ans, l'éloignement commence à lui peser. Ses amis d'avant se comptent sur les doigts d'une seule main. Beaucoup d'entre eux ont pris leurs distances, sournoisement. Enfant, Martin jouait aux gendarmes et aux voleurs avec les copains. Il s'octroyait systématiquement le rôle du gangster et le jouait avec sérieux et brio. Il est passé de l'autre côté des barreaux. Il représente aujourd'hui l'autorité. N'en déplaise à certains.

La réalité a vite rattrapé ce petit monde. Tant pis.

4

Léo s'impatiente derrière son bureau. Il se tortille sur sa chaise tout en scrutant la pendule de la classe. Dans deux minutes, la sonnerie de la fin de journée va retentir. Discrètement, il commence à rassembler ses affaires d'écolier. Il glisse le tout subtilement dans son cartable. La maîtresse n'apprécie guère ce genre de comportement. Il faut être très futé pour déjouer la ruse de l'enseignante.

Quand Léo laisse divaguer son imagination, il se représente les instits comme des extra-terrestres. Des yeux laser, tout autour de la tête. De véritables détecteurs de la moindre bêtise en phase de projet. Des oreilles bioniques capables de percevoir les gros mots, même prononcés à voix basse. Et de gigantesques tentacules ceinturant leur corps, pouvant intercepter une main levée sur un camarade, plus vite que la lumière. Des Aliens dotés de super pouvoirs, capables de voir tout ce qui se passe avant que cela ne se passe ; et de lire dans les pensées des enfants.

En cette fin d'année, ceux-ci se portent volontaires avec enthousiasme pour participer au rangement de la classe. Une authentique chasse au trésor s'engage durant les dernières semaines. Les jeux incomplets retrouvent soudainement leurs pièces manquantes. Les gommes sauteuses sont découvertes dans les endroits les plus improbables. Les stylos mâchouillés seront emportés par leur «stylovore» attitré. Leur durée de vie ayant atteint le terme fatidique.

Le jour de la restitution des objets confisqués par la maîtresse, au cours de l'année, est le plus attendu par les enfants. Des machins, des trucs et des bidules, que les gamins eux-mêmes ont presque oubliés. Des joujoux inutiles à l'école. Leur rôle consistant juste à attiser les convoitises. Ce qui a le don d'exaspérer la maîtresse qui dépouille aussitôt les garnements de leurs trésors. La sonnerie retentit, les bibelots insolites ne seront donc pas rendus ce jour.

C'est dans un brouhaha considérable que chacun range son petit matériel et se dirige vers la sortie en n'oubliant pas de saluer mademoiselle Escoffier, l'enseignante de la classe de CP, et directrice de l'école.

Léo est le premier sorti. Son astuce de rangement lui fait gagner quelques secondes qu'il ne voudrait perdre pour rien au monde. Mademoiselle Escoffier veille à ce que tout ce petit monde sorte dans le calme et sans bousculade, la route étant toute proche.

Léo, un sourire de béatitude sur les lèvres et son cartable à roulettes en main, passe enfin le portail et s'aventure à pied sur la route de sa maison. Il est excité et trépigne de joie : il va retrouver son amie. C'est le secret de Léo. Personne ne le connaît. Si, Chloé, mais juste elle. Elle est son alter ego depuis la maternelle, ça fait du bien de confier un secret. C'est lourd, un secret. Léo s'arrête, comme il le fait tous les jours et ouvre son sac. Il en vérifie le contenu avec attention. Puis s'exclame à haute voix tout en extirpant glorieusement la carotte, précieusement préparée le matin :

— Tu vas être contente, Moon, aujourd'hui c'est carotte !

Il accélère soudain le mouvement. Il se rend compte qu'il vient de dépasser le chemin de la maison, et il ne veut pas risquer d'être aperçu. Léo est censé rentrer chez lui, il a promis à sa mère. Il sait qu'il désobéit à ses recommandations. Elle serait très déçue et sûrement furieuse, si elle savait. Quant à son père, il n'ose même pas y songer. Il préfère faire abstraction de tout ça. De toute façon, il ne reste pas plus d'une vingtaine de minutes, c'est pas la mer à boire ! Léo verra Moon, et rien ne le fera changer d'avis.

Il l'a rencontrée un jour qu'il rentrait chez lui, conformément aux conditions de Céline. Au même moment, un van a doublé le jeune garçon. Léo a remarqué qu'il y avait un cheval à bord. Le véhicule a bifurqué dans le chemin, face à celui qui mène chez l'enfant. Dans un premier temps, Léo l'a observé, puis il s'est engagé à son tour, se camouflant dans une haie et ne perdant pas une miette de ce qui se passait. Le camion a stationné dans le sentier, puis le chauffeur en est descendu et a ouvert la porte de derrière. Léo distinguait mal l'animal. Il faisait sombre sous les arbres, l'intérieur du van était obscur et la visibilité réduite.

Quand l'homme a fait descendre le cheval, Léo en est resté bouche bée d'admiration. Un magnifique destrier tout droit sorti d'un conte de fées. Une robe noire et soyeuse. Des crins noirs, épais, longs et ondulés. Une balzane haut chaussée sur le postérieur droit. Une balzane sur l'antérieur gauche. Et une marque en tête en croissant sur le chanfrein. Une pure merveille, aux yeux du gamin. Il a attendu que le cheval soit au pré et s'est approché doucement de la clôture, en s'adressant au propriétaire.

— Bonjour, monsieur ! Il est beau ton cheval !

— Oh ! bonjour, mon grand, qu'est-ce que tu fais là ?

— Il s'appelle comment ?

— C'est une jument, elle s'appelle Moon, viens voir je vais te dire pourquoi.

Léo, très sociable de nature, s'est avancé. L'homme a soulevé le toupet de l'équidé.

— Tu vois, c'est parce qu'elle a une lune blanche sur son front, et *moon*, c'est de l'anglais, ça veut dire lune.

— Whouaa, elle est vraiment trop belle ! Je pourrai venir la voir, des fois ?

L'homme lui a souri.

— Oui, si tu veux. De toute façon, je serai pas toujours là pour veiller au grain. Mais tu me promets d'être prudent. Elle est très gentille, mais ça reste un animal. Tu sais les bêtes ça peut vite devenir incontrôlables. Une simple frousse et hop, elle t'envoie valdinguer. Ah oui, et surtout, a-t-il recommandé avec un doigt pointé en l'air : le pain et le sucre sont strictement interdits, c'est mauvais pour sa santé et elle pourrait tomber malade !

— Oui promis, m'sieur ! C'est quoi comme race ?

— C'est un cocktail de prairie !

Il a ri de bon cœur et Léo a répliqué :

— Bah, je connais pas cette race!

— Non, ça veut dire qu'elle est croisée. C'est un Selle français croisé Barbe. Ben et toi, tu t'appelles comment?

— Je m'appelle Léo!

— Tu aimes les chevaux, Léo?

— Oh, oui je les adore! C'est mon animal préféré, tu sais!

— Enchanté Léo, moi c'est Alban! Je te nomme officiellement «petit palefrenier» de Moon, à la seule condition que tes parents soient d'accord, OK? lui a annoncé l'homme très solennellement.

— C'est vrai? Je suis son «pafrenier», c'est trop bien! Et t'inquiète pas, papa et maman seront d'accord. Je pourrais même la brosser?

— Oui, si tu tiens ta promesse d'être très prudent!

— Promis! Et tu sais, même que j'ai des brosses et tout, hein! Je peux lui faire une caresse avant de partir?

— Pas de problème, viens avec moi! Je vais lui chercher sa ration de foin. Je te laisse avec Moon et vous ferez connaissance, ça te va?

Léo a accepté l'invitation en sautant de joie et il est entré dans le pré. Il s'est approché de la jument, sans crainte, et elle l'a rejoint en toute confiance. Une attirance réciproque. Un coup de foudre.

Alban, hors de vue de l'enfant, a observé la scène, attentivement. Léo a entouré la grande encolure de Moon, de ses petits bras. La jument avait l'air apaisée. L'enfant s'est mis à chuchoter des mots au cheval qui a paru l'écouter. Les yeux mi-clos. À cet instant, les derniers petits doutes d'Alban se sont dissipés. Léo et

Moon se vouaient un respect mutuel. Ils se comprenaient et s'aimaient déjà.

«Ces deux-là étaient faits pour se rencontrer!» pensa Alban ému de cette amitié naissante.

Depuis que Léo a fait la connaissance de Moon, il a demandé à sa mère de ne plus l'inscrire aux activités périscolaires, argumentant sa position en expliquant qu'il devait commencer à s'habituer à rentrer seul. Qu'il avait fait le tour des activités proposées durant l'année. Céline a finalement approuvé, fière de l'attitude pondérée et presque responsable de son fils. À la grande surprise de Céline et Léo, Laurent a également accepté le «deal». La permission de son père lui a été donnée plus virilement : tape dans le dos, «check» et «haka» ont scellé le pacte. Le pacte du mensonge.

5

D'un pas sûr et rapide, Léo emprunte désormais le sentier qui conduit à la pâture de Moon. La jument, à l'affût, entend et reconnaît la démarche de l'enfant. Elle hennit à son approche sans l'avoir vu. Elle se trouve à l'opposé du pré. Léo, de son côté, entend déjà sa cavalcade pour le rejoindre. Ils arrivent en même temps au portail. Léo passe au travers des barreaux pour rejoindre Moon.

— Hé, salut Moon ! Comment ça va aujourd'hui ?

La jument, la queue sur le dos, s'ébroue et émet un renâclement que le garçon identifie sans hésitation.

— T'es contente ma belle, t'as passé une bonne journée ? Moi oui, c'était tranquille aujourd'hui. C'est l'heure du goûter, regarde c'que j'te ramène. Tadaaam ! Une carotte ! C'est cool hein, ça va changer un peu des pommes et t'auras pas besoin de porter des lunettes plus tard ! Attends, je sors mes biscuits et on goûte !

Moon ne peut s'empêcher de fourrer ses naseaux dans le cartable pour en explorer le contenu. Elle en sort un bouchon avec ses dents, le fait voler par-dessus son dos. Léo rit aux éclats.

— T'es trop drôle, viens croquer ta carotte et après je te brosserai ! dit-il en s'asseyant devant les jambes de la jument.

De ses petites mains, le gamin casse la carotte en trois morceaux. Il en présente une portion au cheval, tout en croquant dans ses biscuits. Moon se délecte de cette nouvelle saveur et offre à Léo le plus magistral des flehmens. Attitude qui ne manque pas de faire ricaner le gosse. L'odeur sucrée de l'en-cas de Léo pousse Moon à quémander un bout de cette friandise alléchante.

— Non Moon, tu sais c'qu'il a dit Alban, pas de sucre! Et là-dedans, y en a plein du sucre, et j'veux pas que tu sois malade! Et j'veux pas me faire dégommer non plus, tiens, mange ta carotte!

La collation des deux compères engloutie, Léo inspecte son sac et en sort un cure-pied, une cordelette étrangement nouée, puis il récupère la brosse que la jument avait malicieusement subtilisée. Il passe le reste de son temps si précieux au côté de Moon, à la brosser, la papouiller, la grattouiller. Pour le plus grand bonheur de la bête qui tend son encolure de satisfaction. Un bien-être partagé. De la pointe des oreilles à l'extrémité de la queue, le garçon panse la jument sans délaisser la moindre parcelle de poils. Délicatement, méticuleusement.

Le temps passe, inéluctablement, et Léo commence à ranger ses affaires soigneusement. Un craquement se fait entendre. Léo se fige, Moon oriente ses oreilles dans tous les sens, comme des radars. L'enfant finit par distinguer une silhouette. Elle devient de plus en plus nette.

— Oups, c'est «Gru» Moon, je suis pris au piège, j'suis mort là! chuchote-t-il à son amie.

Le teint hâlé de l'enfant devient blafard. Léo reconnaît la silhouette qui s'approche de lui. Gru est le sobriquet qu'il lui donne, en secret. Les enfants ont souvent tendance à comparer certains adultes à des personnages de dessins animés. Léo n'échappe pas à cette règle. Au regard du garçon, Gru, le héros de *Moi, moche et méchant* possède des traits communs avec la silhouette. Son air triste, ses vêtements sombres de la tête aux pieds. Gru arrive à hauteur de Léo, les mains dans le dos, sinistre.

— Léo, qu'est-ce que tu fais ici? Ta mère vient de m'appeler, elle est inquiète, tu ne répondais pas sur le téléphone de la maison! Ça fait un moment que je te cherche, bordel!

Léo écarquille les yeux de stupeur et d'effarement, puis s'adressant à Gru, tente une plaidoirie.

— Heu… mais… je suis juste un peu en retard. En rentrant, j'ai entendu un cheval hennir et j'ai voulu voir où il était, voilà! C'est pas très grave, enfin… je crois.

Le cœur de l'enfant bat à tout rompre.

— Pas très grave? Tu as menti, Léo!

Une main se lève au-dessus de la tête de l'enfant. La seconde toujours dans le dos. Léo se protège le visage avec ses bras et hurle de peur :

— Non! Fais pas ça! S'il te plaît, je le ferai plus, mais dis rien à maman, s'il te plaît!

La main retombe lentement.

— Tu as eu la trouille, hein? C'était l'effet recherché : que tu saches ce qu'est la peur!

— C'est bon, j'ai compris! Mais si je te promets de ne plus désobéir, tu diras rien… à personne? Mais… pourquoi t'as mis des vêtements comme ça, avec des gants? On dirait comme les chasseurs! T'es pas comme ça d'habitude. Mais… ça… ça te va bien aussi! Tu diras rien, hein? termine Léo en désespoir de cause.

— Je suis comme ça, parce que je suis à la chasse aux sales mômes qui jouent les enfants rebelles, figure-toi! Et si tu avais fait une mauvaise rencontre, hein, dis-moi? J'espère que ta mère t'a mis en garde contre ce genre de situation! Putain! Je vais avoir une conversation avec elle, elle va m'entendre! Il faut même se méfier des personnes que tu connais, tu sais? Comme moi, par exemple, tiens!

Léo inquiet et effrayé se tourne et ramasse ses affaires. Il tremble. Il a du mal à contrôler ses gestes. Il voudrait prendre ses jambes à son coup et courir. Vite, très vite.

L'enfant, penché sur son attirail, se hasarde à répondre aux dernières paroles de Gru en tenue de chasseur :

— Tu… tu es très en colère, je sais bien, et tu as réussi à me faire peur. Mais pourquoi je devrais me méfier de toi? Tu es mon…

Léo ne finira jamais sa phrase. Gru enveloppe déjà son petit corps et recouvre sa tête d'un sac plastique. Une main pour le maintenir sur le nez et la bouche. Un bras puissant s'enroule autour du gamin afin de maîtriser ses gestes défensifs. Léo s'efforce de jouer des épaules pour échapper à l'étau qui le compresse. Il jette ses jambes en espérant glisser. Mais Léo n'a que sept ans, il ne fait pas le poids. Ses forces l'abandonnent. Gru appuie sa main sur le visage de l'enfant, encore plus fort. L'adrénaline décuple sa force et provoque une accélération de son rythme cardiaque. Il ferme les yeux. Il exulte de plaisir. Léo suffoque. Léo s'affaiblit, il ne se débat plus. Une minute aura suffi. Léo est mort.

La jument, apeurée, piaffe nerveusement, couche les oreilles en arrière. Elle s'avance, menaçante, sur cet être néfaste. Elle se cabre. Gru affolé ôte le sac plastique de la tête de l'enfant et propulse son cadavre devant lui, pour effrayer l'animal. Moon part au galop au fond de son pré.

La dépouille de Léo est précipitée sur le panier à foin métallique. La nuque calée sur le rebord. Les jambes tendues. Les bras pendant de chaque côté du corps. Gru contemple le tableau morbide qu'il vient de signer. Les yeux plissés, le souffle légèrement saccadé, les poings serrés. Un sourire machiavélique s'affiche sur son visage. L'effet est jubilatoire. En relevant la tête, il aperçoit Moon revenir à tombeau ouvert dans sa direction. Il se tourne vers le cartable abandonné et s'accroupit quelques secondes, se relève en fourrant ses deux mains dans ses poches. Il laisse échapper volontairement un objet qui tombe au sol. Un colifichet miroitant sous les rayons du soleil.

L'équidé furieux se rapproche dangereusement, il faut quitter les lieux. Sa fuite manque de vélocité. L'animal est plus vif. Moon arrive devant l'intrus en guerrière et se dresse devant lui. Déséquilibré, Gru tombe lourdement. Il s'apprête à rouler sous la barrière pour se soustraire à la bête en furie. La jument dans un ultime excès de rage se tourne et rue de toutes ses forces. Un sabot atteint la cible dans le bras. Puis elle fait face.

Comme envoûtée, elle entreprend de pousser les clôtures à l'aide de son poitrail. Le bois bouge et grince. La barrière menace de céder sous le poids de l'animal. Gru saisit une pierre et la lance sur Moon. La jument esquive l'assaut du caillou, en faisant un écart. Tiraillée par la peur, elle abandonne et s'enfuit dans son pré, dans une galopade effrénée.

Gru se relève en tenant son bras. Il n'a pas le temps de s'apitoyer sur son sort, il doit partir. Il rejoint à la hâte son véhicule qu'il a pris soin de planquer à quelques dizaines de mètres de l'endroit où il vient de commettre l'irréparable. Un meurtre. De sang-froid.

À l'intérieur de la voiture, il est pris de panique. En voulant remonter sa manche, Gru constate qu'un morceau de tissu a été arraché de sa veste de camouflage. Il respire fort, il transpire. Il ne peut pas faire machine arrière. Trop risqué. Puis, il prend du recul et remonte la manche et évalue la blessure. Il peut distinguer l'empreinte du sabot de cette sale bestiole. Il bouge son bras, visiblement rien de cassé. La douleur ardente laissera bientôt place à un gros hématome. Manifestement, cette bourrique n'a pas de fers aux postérieurs. Les dégâts auraient été plus graves si elle en avait porté. Il souffle lentement, reprend ses esprits et savoure le calme. Une sensation orgasmique.

Gru a suffisamment perdu de temps. Il démarre, enclenche la première et prend un sentier perpendiculaire à celui qui passe devant la pâture de Moon. En arrivant à l'intersection qui débouche sur la route, la voiture se déporte soudain après un coup de volant.

Dans son empressement, il manque de renverser un scooter. Le conducteur du deux-roues, dérape, redresse et stoppe l'engin sur la voie, face à la voiture. Puis, toujours à califourchon sur son véhicule, observe à travers le pare-brise. Une silhouette. Gru ne bouge pas. Quelques secondes interminables s'écoulent. Le pilote casqué fait ronfler le moteur et crisser les pneus de son bolide. Il repart à toute berzingue en dressant un doigt d'honneur au chauffard qui prend sa suite, insidieusement.

— Putain d'merde, qu'est-ce qu'il foutait là, ce p'tit con ?

Après cinq minutes de traque, le deux-roues s'engage dans l'entrée d'une villa. Le scootériste descend de sa monture et ôte son casque. Le chauffard sourit de satisfaction.

— Alors, c'est toi ! Tu as bien changé. L'avantage d'un village, c'est que tout le monde se connaît. Mmmh ! Ça peut aussi être un inconvénient. L'avenir nous le dira.

Le jeune homme, qui de toute évidence avait déjà oublié l'incident, n'a rien remarqué. L'insouciance de sa jeunesse ne lui a pas permis de s'attarder sur une potentielle menace. Il a été traqué, repéré, épié et identifié. Mais il l'ignore. Il vit sa vie d'ado. Indolent.

Moon est seule. Terrifiée et tremblante. Elle pousse le cadavre de Léo de son nez, à plusieurs reprises. Elle lui souffle sur le visage, le pince du bout des dents. Elle gratte le sol avec ses pieds, en signe d'énervement. Elle tourne autour du panier à foin, en fouettant de sa queue la petite victime. Toutes ses tentatives pour que son ami bouge à nouveau échouent.

Désespérée, la jument abattue par le stress qu'elle vient de subir plie ses jambes et se couche à proximité du corps sans vie du petit garçon.

6

Alban Caron et Aymeric Berthaud se sont donné rendez-vous au café du village. Rien de tel qu'une petite mousse pour se désaltérer, avant de rendre visite à Moon.

Aymeric est le maréchal-ferrant de la jument depuis une dizaine d'années. Il passe régulièrement la parer et la ferrer. Tout en sirotant leurs bières à l'ombre d'un parasol, ils engagent la conversation :

— Y a encore fait chaud aujourd'hui. Ça va ? T'en baves pas trop avec ta forge ?

— Oh, ben tu sais j'y suis habitué, et puis une bonne suée de temps en temps ça fait pas de mal, hein ? Non sans déconner, j'ai un stock de packs d'eau dans mon frigo, quand les proprios sont pas là pour m'offrir à boire et puis je m'asperge souvent, comme tout le monde, mon gars ! Et toi, c'est sûrement le sauna dans ta boîte, non ?

Alban est technicien de maintenance dans une entreprise de métallurgie depuis vingt ans. Il entretient, répare, construit, peint. Un jour électricien, un autre plombier. Il est l'homme à tout faire de la boîte. Le « gardien du temple ». Respecté de ses collègues et parfois craint de sa hiérarchie.

— Ouais, c'est clair, la direction nous met des bouteilles de flotte à dispo. Mais pour ce qui est de m'arroser, j'évite, je suis dans les tableaux électriques, en ce moment !

— Oh p'tain ouais, va pas nous la jouer Cloclo, Alban !

Ils pouffent joyeusement, contents de leur boutade d'un goût douteux, mais risible tout de même.

— Bon c'est pas tout ça, mais on n'est pas ici pour être là ! plaisante Aymeric. On va voir la bourriquette, elle doit nous attendre ! J't'emmène, ça évitera un bouchon dans l'chemin !

— OK, on est partis !

Alban ferme sa voiture à clé et se dirige vers le camion d'Aymeric. Un Renault Master que le jeune maréchal-ferrant a transformé et équipé de ses mains. Fier des modifications auxquelles il a œuvré, il a adroitement pu y installer sa forge, son enclume et tout son matériel de maréchalerie. Reconnu dans la région pour son sérieux et son professionnalisme, son agenda ne désemplit pas. Les propriétaires de chevaux apprécient avant tout, le respect qu'il porte aux animaux et la douceur avec laquelle il exerce. Il possède également, contrairement à certains de ses confrères, un atout incontestable et notoire : il forge lui-même les fers destinés aux équidés. Une valeur sûre. Aymeric a aussi l'avantage d'être beau gosse et toujours souriant, ce qui n'est pas pour déplaire aux cavalières.

Il est dix-huit heures environ, quand les deux amis s'avancent lentement dans le chemin avec le camion, fenêtres ouvertes. Ils entendent Moon hennir. Encore et encore.

— Hé! j't'avais bien dit qu'elle nous attendait, la grosse! Tu lui as noté le rendez-vous sur la cabane, ma parole!

— Bah ouais, elle est contente de nous voir, Moonette!

Le véhicule arrive à hauteur de la barrière. Aymeric ne coupe pas tout de suite le moteur. Les deux hommes abasourdis par la scène ne voient même plus la jument.

— Merde, Alban, c'est quoi ça?

— Putain, on dirait le gamin… vient, on y va! Merde, c'est Moon qui a fait ça? Bordel!

— OK! Appelle les secours!

Ils avancent rapidement vers ce qu'ils imaginent déjà être un lieu d'accident. Alban affolé compose le 18. Aymeric est aux côtés de l'enfant. Il lui soulève doucement la tête pour le dégager de ce foutu panier à foin et allonge la petite victime sur le sol. En touchant l'enfant, il constate que le corps est tiède. C'est tout ébranlé qu'il approche son visage de la bouche ouverte du gamin. Il ne perçoit aucun souffle. Il observe son thorax de très près et ne distingue pas de soulèvement pouvant indiquer une éventuelle respiration, aussi minime soit-elle. Il pose ses doigts sur la carotide. Il ne trouve pas le pouls. Il insiste, pose ensuite ses doigts sur les artères cubitales et radiales du poignet. Il ne sent rien, pas le moindre battement. La peau est légèrement bleutée. Aymeric recule, paniqué, et se rend à l'évidence.

Alban, en ligne avec les secours, s'applique à fournir les renseignements nécessaires pour une arrivée rapide sur les lieux, avec le matériel adapté à l'accident. Il parvient à garder son sang-froid tant bien que mal. Il n'a omis aucun détail.

— Tu le connaissais, ce gosse ? demande Aymeric

— Oui, c'est Léo, il est venu me voir le jour où j'ai mis Moon dans ce pré. Il m'a demandé la permission de venir lui rendre visite de temps en temps. Merde, mais qu'est-ce qui s'est passé là-dedans ?

Alban et Aymeric ne se sont pas souciés de la jument depuis leur arrivée, quand celle-ci émet soudain un léger son. Ils se retournent, elle est prostrée sur ses quatre membres. Les oreilles et l'encolure basse, les yeux mi-clos. Léthargique. Ils s'approchent pour la rassurer.

— C'est pas toi, Moon, j'y crois pas une seconde ! se persuade Alban des sanglots dans la voix.

— Regarde dans quel état elle est ! Tu penses vraiment qu'elle est capable de ça, Alban ?

— Mais j'en sais rien ! Elle a pu se faire piquer par une bestiole ou avoir eu peur de quelque chose. Elle a paniqué et a bousculé le gamin ! Un putain d'accident de merde ! Il lui manque que la parole pour nous dire ce qui s'est passé !

— Tu sais quoi ? Je vais enlever mon camion pour faciliter l'accès aux pompiers et je les attendrai au bout du chemin ! Reste avec Moon !

Alban acquiesce, se tourne et s'effondre dans l'encolure de sa jument. Aymeric, de son côté, monte dans son véhicule passe la marche arrière et s'éloigne pour se garer sur le bord de la route. Il coupe le contact, souffle et craque à son tour.

Les sirènes hurlantes des secours le tirent de sa torpeur. Il s'extirpe au plus vite du camion. Il se met au milieu de la route. Il aperçoit le cortège de véhicules et se met à gesticuler dans tous les sens, afin d'attirer leur attention et de les guider. Aymeric attrape un licol et une longe au milieu de son bazar et accourt auprès d'Alban et de Moon.

Les véhicules des pompiers et du SMUR s'enfoncent au bout du sentier. Deux voitures de gendarmerie stationnent sur l'accotement. Deux gendarmes restent en faction à l'entrée de l'accès, deux autres se rendent sur les lieux avec les services d'urgences. Tout va très vite.

Alban et Aymeric se tiennent en retrait avec Moon, tenue en longe. La jument s'affole aux sons des sirènes et des lumières clignotantes. Les secouristes courent, ordonnent et dirigent les opérations avec précipitation, ce qui ne rassure pas l'animal. Un gendarme intervient :

— Bonjour, messieurs ! Gendarmerie nationale ! Il faudrait isoler le cheval afin que les secours puissent intervenir sans risque, est-ce que c'est possible ?

— J'ai rien pour faire une clôture d'appoint, mais avec du ruban de balisage ça pourrait faire l'affaire le temps que j'aille chercher le nécessaire ! Vous avez ça dans vos voitures ? demande Alban.

— Oui, nous en avons, mais vous ne pourrez pas aller chercher votre matériel dans l'immédiat, nous devons prendre votre déposition ainsi que celle de votre collègue, vous comprenez ?

— Oui, pas de souci, ça devrait faire l'affaire pour l'instant, répond Alban secoué.

Alban et le gendarme s'éloignent du lieu macabre, en prenant soin de contourner le site. Deux rangées de rubalise sont tirées. L'intervention est sécurisée, la jument aussi.

L'agent prend la déposition des deux amis, qui n'oublient pas de mentionner qu'Aymeric a déplacé le corps de l'enfant. Ils répondent aux questions tout en observant les pompiers s'affairer, espérant un signe d'espoir. Un signe de vie.

Les urgentistes se relèvent avec des visages fermés, graves. Ils viennent de recouvrir le corps de Léo d'un drap blanc. L'espoir s'évanouit, le doute n'est plus permis. Le médecin s'approche des gendarmes, puis ils s'éloignent un peu. Alban et Aymeric ne perçoivent aucun mot de leur conversation, mais ils comprennent. Colère et incompréhension font place à la consternation dans les esprits de chacun. Tombés à genoux dans les bras l'un de l'autre, Aymeric et Alban s'effondrent, cette fois, ensemble. Sans pudeur ni crainte.

L'agent retourne auprès des deux hommes et se prononce :

— Messieurs, le médecin vient de délivrer un certificat de décès avec obstacle médico-légal.

Interloqués, ils se regardent et Aymeric intervient :

— Ça veut dire quoi exactement?

— En termes plus clairs, cela signifie qu'il émet des réserves sur la cause et les circonstances du décès de la victime. Monsieur Caron, nous vous accompagnons à votre domicile pour y prendre de quoi faire une clôture sécurisée pour votre cheval. Monsieur Berthaud, vous restez sur les lieux, avec les collègues. La soirée va être longue.

7

Onze ans plus tôt, juin 2003

Il arriva à bout de souffle dans l'allée de sa maison. Le portail était entrouvert. Il le souleva. Il tressaillit et son cœur bondit dans sa poitrine. Il voulut crier face à la vision d'horreur qui venait de s'afficher. Il reprit vite ses esprits. Elle était inconsciente et un cri l'aurait terrifiée. Le garage était maculé de sang. Il baissa la porte doucement. Sa femme, ensanglantée, sursauta au bruit du portail qui coulissait. Elle gémit de douleur et de terreur. Il ne la reconnaissait plus. Il la prit dans ses bras en pleurant et lui parla doucement. Elle réagit aux mots de son mari et tenta de bouger.

Il la rassura :

— Je vais appeler les secours, ne t'inquiète pas tout va bien se passer ! Mon Dieu, qu'est-ce qui est arrivé, ici ?

À cet instant, il sentit les ongles de sa femme s'enfoncer dans la chair de ses bras. Il n'était pas certain d'avoir bien compris le message.

— Oui, chérie, je les appelle, ils seront bientôt là, repose-toi, ne bouge pas !

Elle le serra de toutes les forces qui lui restaient, et secoua péniblement la tête en signe de refus. Les larmes coulèrent sur ses joues. Des spasmes la secouèrent.

— OK, OK! Calme-toi, mon Dieu, calme-toi! Doucement, je vais t'emmener. Ça marche comme ça?

Il comprit qu'elle était d'accord, quand elle lâcha prise et que ses ongles se dégagèrent de son biceps.

— Je suis obligé de te laisser quelques minutes, je vais chercher la voiture! Est-ce que tu comprends?

Un nouveau hochement d'acquiescement et il installa sa femme délicatement. Une vieille couverture roulée sous sa tête et un plaid trouvé sur une étagère déposé sur son corps meurtri.

Il sortit du sous-sol, courut jusqu'à sa voiture et l'approcha au plus près de l'entrée du garage. Il craignait tous les gestes qu'il allait devoir faire et qui pourraient la faire souffrir, encore.

Dans un dernier espoir, il essaya de lui faire entendre raison.

— Je risque de te faire mal, bon sang! Les secours sont plus aptes que moi, je dois les appeler!

Les yeux exorbités, les doigts serrés et empourprés sur la couverture, elle hurla. Intérieurement. Aucun son ne sortit de sa gorge. Elle frappa le sol de son poing plusieurs fois. Le sang coulait déjà de ses phalanges. Le mari terrorisé abdiqua.

— OK, OK! J'ai compris, arrête de te faire du mal! On y va.

Le transfert de son épouse dans la voiture lui parut durer une éternité. Elle souffrait, inévitablement. Elle ne se plaignait pas, ne gémissait pas. Il voulut s'assurer d'un coup d'œil qu'elle supportait les douleurs. Il ne vit rien, qu'un regard froid et vide. L'absence, le néant.

Éric et Marie Lacombe formaient un couple idyllique. Ils s'étaient rencontrés cinq ans auparavant. Marie n'avait que vingt-trois ans et Éric trois de plus. Leurs regards s'étaient croisés sous les feux des projecteurs d'une discothèque lyonnaise. Elle passait la soirée entre copines, pour fêter l'enterrement de vie de jeune fille de l'une d'elles. Lui était arrivé plus tard dans la nuit, avec des amis. Éric et sa bande de «footeux» avaient suivi avec frénésie la finale de la Coupe du monde. La France avait remporté la victoire contre la redoutable équipe du Brésil. Trois buts à zéro. Après la diffusion du match et dans un état d'euphorie générale, ils avaient décidé de célébrer la consécration des Bleus jusqu'au bout de la nuit.

La moiteur, quelques verres, une ambiance électrique et un regard suffirent à provoquer le coup de foudre entre les deux jeunes fêtards. Ils ondulèrent ensemble tout le reste de la soirée et en oublièrent leurs amis respectifs. Seuls au monde.

Chacun fut rappelé à l'ordre au petit matin, par ses acolytes. La discothèque allait fermer ses portes, il fallait dégager les lieux.

Éric et Marie firent poireauter les copains exténués et grisés pour un bon nombre. Juste le temps de se dire au revoir, leur avaient-ils dit. Des baisers passionnés, langoureux, interminables. Exaspérées, les deux bandes d'arsouilles chargèrent les amoureux dans les véhicules.

Ils passèrent une nuit blanche accrochés à leur ligne fixe. Leurs téléphones mobiles ne servaient jusque-là, qu'occasionnellement, le coût des communications étant exorbitants.

L'amour est plus fort que la raison. Les forfaits explosèrent par la suite.

Ils étaient jeunes. Ils étaient beaux. Ils s'aimaient. Un amour bouillant, ardent et brûlant. Leur entourage ne donnait pas cher de cette relation. Trop fusionnelle et excessive. Le temps prouva le contraire.

Deux années s'écoulèrent. Les tourtereaux filaient le parfait amour et les études d'Éric et Marie touchaient à leurs fins. L'avenir souriait au jeune couple. Éric devint scénographe-décorateur pour le Théâtre national populaire de Villeurbanne. Marie pour sa part, sortait tout juste de l'Institut Universitaire de Formation des Maîtres. Elle venait d'être affectée dans la commune de Chabanière, un village des Coteaux du Lyonnais de quatre mille âmes. Elle ferait sa première rentrée d'enseignante dans une classe maternelle.

Une vie nouvelle s'offrait à eux. Avec deux salaires entrants, ils songèrent très vite à prospecter auprès des agences immobilières. Ils débusquèrent rapidement leur petit nid d'amour. Leur maison. Ils prirent leur envol, à Mornant, à quelques kilomètres de Chabanière. L'endroit rêvé.

8

L'adjudant Joseph Maurici, quarante-quatre ans, est d'origine sicilienne et complètement extraverti. Il parle fort et mouline des bras dès qu'il prononce un mot. C'est automatique. Comme tout bon italien qui se respecte. Joseph est fier de ses racines méditerranéennes, mais il ne supporte pas son prénom. Il se fait appeler Jo. C'est bien, Jo! Sa stature moyenne, mais plutôt musclée, ne donne pas vraiment envie de s'y frotter. Il est passionné de sport, tout comme Martin. C'est bien leur seul point commun. Il passe des heures à cogner sur des sacs de frappes, en salle de boxe. Il aime s'y rendre régulièrement. Jo apprécie aussi les rencontres qu'il peut y faire. Des jeunes, des moins jeunes. Des hommes, des femmes. Certains prennent le punching-ball pour un défouloir, un psychologue. D'autres, comme Jo, pratiquent la boxe comme ils pratiqueraient un autre sport, pour entretenir leur corps. Les femmes recherchent davantage un moyen de défense, efficace ou pas. Intérieurement, il ne leur souhaite pas d'avoir à subir une agression, afin de vérifier si les cours leur sont profitables. Néanmoins, elles auront acquis quelques bases et notions qui pourront toujours être utiles.

Jo a divorcé depuis… pas mal de temps, maintenant. Son couple n'a pas survécu au rythme soutenu et aux contraintes de son métier. Sa femme s'est lassée de la vie de caserne et tout ce que cela implique. Le seul regret de Jo, c'est de ne pas avoir eu d'enfant.

Mais ce qu'il ne regrette absolument pas, c'est sa mutation. Avant d'intégrer la SR, il a fait quelques années de bons et loyaux services à la brigade motorisée de Dardilly. Les missions de sécurité routière, d'escortes et d'encadrements en tous genres ne lui apportaient plus rien de positif dans son travail. Un changement s'imposait. L'opportunité s'est présentée et Jo n'a pas hésité à franchir le pas. Il fait maintenant ce qu'il a toujours rêvé de faire. Il dirige, avec l'adjudant-chef Martin Bellamy, des enquêtes judiciaires souvent longues et complexes…

Pourtant, sous son crâne rasé de près et sa carapace de gros dur que Jo veut bien faire paraître et qu'il exhibe fièrement, se cache un cœur de chamallow. Pour se détendre de journées souvent difficiles, il écoute de la musique. Il aime les beaux textes. Les chansons d'amour. Celles qui ont un sens. Jo est fan invétéré de Calogero, sicilien lui aussi. Il ne se passe pas une journée sans qu'il ne fredonne une des chansons de l'artiste. Il écoute en boucle tous ses albums, en attendant la sortie en août du prochain opus, *Les feux d'artifice*. Dès qu'une tournée se profile, il est comme un fou. Une véritable groupie. Il n'hésite pas à réserver plusieurs dates de concerts. Parcourir des kilomètres pour se dandiner devant la scène, c'est son «kiff». Sa façon bien à lui de remettre son cerveau à zéro.

Martin Bellamy s'apprête à finir sa journée. Il a repris le travail, en début d'après-midi, après son escapade dans le Vercors. Une reprise plutôt calme. Il en a profité pour mettre à jour la paperasse en retard. Il commence à remettre de l'ordre sur son bureau, quand Joseph Maurici fait irruption.

— Hé, Martin, ça roule? Ça y est, t'as fini ton ménage d'été! Bon, laisse tomber le plumeau, la brigade de Mornant vient de nous contacter, il faut qu'on se rende sur place, dare-dare!

— La brigade de Mornant?

— Oui, un homicide… un enfant.

Martin, debout devant son bureau et toujours le nez dans ses papiers, daigne enfin relever la tête. Il attrape sa sacoche et ses clés tout en questionnant Joseph :

— Merde, un gosse! La demande d'engagement des TIC et du médecin légiste a été faite? On va où exactement?

— Oui, ils sont prévenus, et déjà en route. C'est à Chabanière…

Martin ne le laisse pas terminer :

— Viens, tu me diras tout en chemin, c'est pas vraiment à côté, on file.

Le duo de la Section de Recherche de Lyon a déjà déserté les lieux. Ils sont coéquipiers depuis un bail, maintenant. Ils ont des caractères totalement opposés, mais se complètent dans leur travail. Ils forment une équipe redoutable et redoutée qui ne laisse rien passer, rien au hasard. Leur ténacité a permis d'élucider les enquêtes les plus inextricables et énigmatiques.

Les gyrophares allumés et la sirène deux tons rugissants, ils rejoignent manu militari l'A7. Les usagers s'écartent pour leur faciliter le passage. C'est l'heure de pointe, la circulation est dense. Ils s'engagent sur la bande d'arrêt d'urgence et se retrouvent sur l'A45 en moins de temps qu'il n'en faut pour le dire. Les enquêteurs continuent leur course de la même façon jusqu'aux Sept Chemins, sans difficulté. Puis de nouveau, forcent les automobilistes à se rabattre pour se frayer un couloir. Un quart d'heure plus tard, ils arrivent sur les lieux. Les techniciens en identification criminelle et le légiste sont déjà sur place.

La patrouille de Mornant a effectué le gel des lieux et bouclé le périmètre afin d'éviter toute contamination. Les pompiers et le SMUR ont quitté le site macabre. L'équipe scientifique et le médecin légiste, affublés de leur tenue immaculée, ont commencé à prélever des indices.

Martin et Jo enfilent une paire de gants et s'approchent.

Bellamy questionne le médecin :

— Bonjour doc, vous avez quelque chose de probant ?

Le toubib est une belle cinquantenaire, grande, brune et élancée. «Respirer les effluves d'éther et de formol toute la journée contribue certainement à ce que le doc soit bien conservée !», plaisante souvent Jo. Le médecin se relève et regarde Martin. Elle détourne rapidement le regard et répond tout en posant ses yeux ici et là :

— Salut les gars, d'après les premiers éléments recueillis, ce pauvre gosse a environ sept ans et il est mort par suffocation. Certains signes ne trompent pas, malheureusement. Venez voir !

Ils se penchent sur le corps du petit garçon.

— Regardez, son visage est légèrement cyanosé, ses ongles aussi. Il y a aussi des taches de Tardieu au niveau des yeux et des ecchymoses autour de la bouche et du nez. Ce sont des indications évidentes d'une asphyxie.

— Par quel moyen ?

— Certainement un sac plastique. J'ai trouvé ce petit morceau accroché à une canine.

Elle lui tend un sachet scellé contenant l'échantillon. Martin l'observe avec attention. Jo continue la conversation.

— Et le sac supposé, vous l'avez identifié ?

— Pour l'instant, non. Le temps de faire les clichés de la scène. On commence juste les prélèvements. D'ailleurs, si tu sais pas quoi faire, tu es le bienvenu Jo ! lui lance-t-elle ironiquement.

— Tu peux estimer l'heure de la mort ?

— Au vu de la température ambiante, de l'âge de l'enfant et d'une rigidité cadavérique débutante au niveau de la nuque et de la face, je dirais qu'il est mort depuis environ trois heures, mais je vous confirmerai ça après l'autopsie.

— OK, doc ! fait Martin. On va jeter un œil aux scellés et prendre les déclarations des deux témoins.

— Très bien, vous avertirez le propriétaire du cheval qu'on va devoir effectuer des prélèvements de poils, de terre. Bref, la totale quoi et qu'on aura besoin de lui pour rassurer l'animal et le tenir.

Pendant que les TIC continuent leurs investigations sur les lieux, le duo s'approche des différents sachets déjà répertoriés et scrute les objets. Ils vont chercher Aymeric et Alban, restés à l'écart de ce branle-bas de combat.

Les deux amis sont sidérés par ce qu'ils sont en train de vivre. Ils n'ont vu ce type de scénario que dans des films, des séries. Terrorisés et effarés, ils ne voient pas les gendarmes les rejoindre. Ils sursautent en entendant la voix de Martin, qui les rassure tout de suite.

— Bonjour, messieurs, Gendarmerie nationale. Du calme, nous savons que c'est toujours un moment très difficile de découvrir ce genre de scène, mais nous devons vous entendre dans le cadre de l'enquête, OK?

Les deux hommes coopèrent et racontent ce qu'ils ont déjà expliqué à la brigade précédente. Puis Jo tend les sacs transparents et leur demande :

— Est-ce que quelque chose vous appartient parmi ce matériel? Vous pouvez nous éclairer sur son utilité, s'il vous plaît.

Alban répond :

— Non, tout devait appartenir à Léo.

— Léo? Vous connaissez son identité?

— Non, juste son prénom. Il s'était arrêté pour voir Moon... la jument, et je lui avais permis de lui rendre visite.

— C'est quoi au juste, cette ficelle nouée? demande Martin en se tournant vers Aymeric.

— C'est un licol éthologique, mais j'ai l'impression qu'il est fait main. Si c'est le petit qui a noué ça, il est... pardon, il était très habile.

Alban fait un cours théorique d'équitation aux gendarmes sur l'utilisation des trois objets retrouvés sur les lieux.

Martin et Jo poursuivent l'audition des deux hommes.

Les techniciens interpellent Martin pour lui faire part d'un nouvel élément. Martin présente l'objet aux témoins. Un porte-clés Ferrari métallique. Jaune avec un cheval noir. Une petite clé y est accrochée.

— Messieurs, est-ce que ceci appartient à l'un d'entre vous ?

9

Il est dix-neuf heures quinze. Céline a averti Léo, lors de leur rencontre, à l'occasion de la journée passerelle, qu'elle rentrerait plus tard. Elle se rendrait au supermarché pour y faire quelques courses. En s'engageant sur la route qui la ramène chez elle, elle aperçoit les lumières bleues des gyrophares. Elle ralentit, ne sachant pas de quoi il s'agit. Elle constate que la route est dégagée et tourne dans la voie sans issue, de son quartier. Elle se gare devant le garage pour décharger au plus vite ses achats. Elle sort son trousseau de clés et ouvre le battant du sous-sol. Léo rentre habituellement par la porte d'entrée, dont il a la clé. Céline passe la tête dans l'entrebâillement de la montée d'escaliers et appelle son fils :

— Léo, chéri ! Tu veux bien venir m'aider à décharger et ranger les courses, s'il te plaît ?

Pas de réponse. Céline renouvelle l'appel.

— Léo, tu m'entends ?

Toujours rien. Elle monte les marches pour s'assurer que son fils est bien à l'étage.

— Léo, où es-tu ? Allez, arrête tes bêtises maintenant, j'ai pas vraiment le temps de jouer à cache-cache, là, j'ai toutes les courses à ranger et je suis crevée ! s'exclame-t-elle au fur et à mesure qu'elle inspecte la maison.

Céline tourne comme un lion en cage. Elle se met à la recherche du cartable de Léo, mais ne le voit nulle part. Elle sort sur la terrasse et continue d'appeler le garçon. Peine perdue. Personne à l'extérieur. Elle aperçoit un voisin sur le point de se garer. Elle l'intercepte et lui demande s'il aurait rencontré Léo dans l'après-midi. Réponse négative du riverain. Bouleversée, Céline se souvient brusquement des véhicules de gendarmerie stationnés sur le bas-côté de la route. Elle ne sait pas ce qui se passe. Elle ignore aussi depuis combien de temps ils sont là. Peut-être ont-ils remarqué Léo? Céline, inquiète, remonte dans sa voiture et se rend auprès des gendarmes en faction.

— Messieurs, s'il vous plaît, auriez-vous vu passer un jeune garçon? Il a sept ans, grand comme ça! Léo devait rentrer à la maison à pied, mais il n'y est pas! s'essouffle Céline, des sanglots dans la voix.

Les agents se regardent et se font un signe discret de la tête. L'un d'eux s'éloigne en émettant un appel avec son portable, pendant que l'autre reste auprès de Céline.

— Vous dites qu'il s'appelle Léo et qu'il a sept ans?

L'agent essaie de gagner du temps en posant quelques questions à la jeune femme. Le second est en ligne avec Martin. L'adjudant-chef ordonne aussitôt de retenir la mère. Elle ne doit s'approcher sous aucun prétexte.

Céline s'énerve de ne pas avoir de réponse concrète et claire à une simple question.

— Mais enfin, qu'est-ce qui se passe? Pourquoi vous ne me répondez pas par oui ou non?

Soudain, elle se fige:

— Non, non… C'est pas Léo? C'est pas pour lui, tout ça? Non… non, c'est impossible! Pas mon petit garçon.

— Madame, calmez-vous, ne vous approchez pas…

Céline a déjà trouvé un passage pour se faufiler. Elle court en tonnant le prénom de son fils, comme une damnée.

Martin, alerté par la présence de la mère, vient de libérer Alban et Aymeric. Ils regagnent le camion. Dévastés. Une femme hystérique arrive sur eux en criant de désespoir. Il ne faut pas longtemps aux deux hommes pour comprendre de qui il s'agit. Ils stoppent la course folle de la maman en détresse. Ils l'enlacent et lui parlent doucement.

— N'allez pas là-bas, madame, n'y allez pas ! S'il vous plaît ! Vous ne devez pas voir ça.

Céline, à bout de nerfs, s'effondre. Martin et Jo se précipitent et remercient les deux hommes pour leur intervention instinctive.

L'amour d'une mère pour son enfant ne connaît ni loi, ni pitié, ni limite. La plus violente des douleurs qu'elle puisse éprouver, c'est la perte d'un enfant. Un calvaire, un supplice, une torture à perpétuité.

Martin et Jo s'acquittent de la lourde tâche qui leur incombe auprès de Céline. L'annonce d'un drame aussi tragique est la pire des épreuves, pour les enquêteurs. Dans ces moments-là, ils ont l'impression d'assassiner les parents de la victime. Un sentiment de culpabilité. Céline vacille et s'écroule à terre, dans un cri sorti du plus profond de ses entrailles. Les gendarmes lui proposent le recours d'un médecin. Non, Céline n'en veut pas, en aucun cas. Elle veut garder sa lucidité. Comprendre.

Lever le voile sur le monstre qui lui a pris son petit. Elle regarde Martin dans les yeux et les détourne presque aussitôt et s'exprime.

— Ramenez-moi à la maison.

— Très bien, madame, votre courage est tout à votre honneur ; et plutôt on aura des informations mieux ce sera.

— Retrouvez cet enfant de salaud ou c'est moi qui le retrouverai. Mon mari a été prévenu ? Il aurait dû être à la maison, je ne comprends pas ! dit-elle froidement.

— Pas encore, répond Jo. Son numéro, s'il vous plaît ?

Céline sort son portable et cherche le numéro de son mari. Ses tremblements ne cessent pas. Elle laisse échapper l'appareil. Jo le ramasse délicatement. Il appelle Laurent, sans donner de précisions. Il lui fait part qu'il est attendu à son domicile et reste évasif.

Martin et Jo raccompagnent Céline chez elle. Ils lui demandent la permission d'investir la chambre de Léo. Elle accepte, mais reste dans l'encadrement de la porte, glaciale et silencieuse, après les avoir conduits jusqu'à la pièce mansardée qui faisait office de chambrette au petit garçon. Son coin à lui. Lumineuse et éclairée par un fenestron et une fenêtre de toit, elle avait été décorée avec soin par l'enfant. Des posters de chevaux tapissent les murs peints en bleu. Des figurines de chevaliers jonchent le parquet. Un château fort et une ferme équestre se font face. Des chevaux de toutes tailles et de toutes couleurs, dispersés çà et là. D'autres jouets rangés méticuleusement ne réclament qu'à faire partie du jeu. Un imposant lit mezzanine se dresse devant les yeux des gendarmes. Juste à côté, un grand cadre. Le portrait de Léo affichant un sourire espiègle et un clin d'œil mutin. Un bureau se trouve en dessous. De l'autre côté de la chambre, une petite bibliothèque. Jo s'avance et passe son doigt sur les reliures. Elle est remplie de livres sur l'équitation, les races de chevaux. Des ouvrages évoquant la nature, les astres et les animaux. Léo avait certainement appris à nouer un licol éthologique dans un de ces bouquins. L'index de Jo court désormais sur les tranches roses. Céline rompt le silence.

— Depuis qu'il savait lire, Léo dévorait les livres. Ceux-là étaient ses préférés. La série *Le ranch*.

Martin continue :

— Il aimait beaucoup les chevaux. D'ailleurs, nous avons des choses à vous montrer avant de les faire partir au labo, vous pensez que vous pourrez…

— Oui, allons-y.

Martin et Jo la précèdent. Céline jette un coup d'œil désespéré à la chambre de son fils et referme la porte. La gorge serrée, au bord des larmes et le cœur explosé.

Ils redescendent dans le séjour. Martin présente trois sacs cachetés, à la maman de la petite victime. Ils contiennent une brosse, un cure-pied et le fameux licol éthologique.

— Est-ce que ce matériel appartenait à Léo ?

— Heu… Non, on ne lui a jamais acheté ça. D'où ça peut venir ? Peut-être que… Léo a participé aux activités périscolaires toute l'année, et durant le quatrième cycle, il était inscrit au centre équestre de Chabanière. Il y est resté cinq semaines.

— Je m'en occuperai.

— Attendez ! Faites voir la cordelette. On a le même genre de corde, à la maternelle. On s'en sert en gymnastique ; ils ont sûrement le même matériel, en élémentaire.

— OK, fait Martin. Jo, tu te rendras à l'école. Merci, madame Charvet, votre détermination nous fait gagner du temps et avancer. Une dernière chose, connaissez-vous ce porte-clés ?

L'adjudant-chef présente l'objet à Céline. Elle pose les yeux dessus. Elle est médusée.

— Oh, mon Dieu oui, il est à mon…

Au même instant, la porte s'ouvre violemment. Elle se referme dans un claquement assourdissant. Céline sursautant :

— Mon mari.

Laurent est furieux et impatient.

— C'est quoi ce cirque ? Qu'est-ce qui se passe ici ? Pourquoi y a de la flicaille chez moi ?

À bout de forces, Céline éclate en sanglots et se laisse tomber dans le canapé. Le visage dans les mains. Jo, exacerbé par le comportement de Laurent, intervient en lui prenant le bras.

— Monsieur Charvet, vous voulez bien baisser d'un ton et vous installer.

Sans que personne ne s'y attende, Céline sort subitement de son accablement. Elle se jette sur son mari.

Elle le frappe sauvagement de ses deux poings, sur le torse. Elle hurle. Elle pleure.

— Léo est mort ! Tu m'entends, il est mort ! Où étais-tu ? Tu devais être à la maison ! Mon bébé est mort !

Elle se laisse glisser doucement sur le sol, abattue. Abasourdi par les mots de sa femme, Laurent tombe à son tour sur l'un des fauteuils du salon. Prostré, terrassé. Son arrivée tonitruante n'est plus qu'un souvenir. Un silence morbide s'installe dans la pièce. Le temps suspend son vol, inexorablement.

Martin aide Céline à s'asseoir confortablement et brise le mutisme ambiant. Il relate calmement les faits, à Laurent. Le père émerge de sa prostration, réalisant soudain ce qu'il s'est passé.

Jo relance la machine et questionne en montrant les saisies :

— Monsieur Charvet, reconnaissez-vous ces affaires ?

— Non, pas du tout, c'est à qui ?

— Nous supposons qu'elles appartenaient à Léo, mais votre épouse ne les a pas reconnues non plus. Nous allons creuser de ce côté-là. Et ce porte-clés ?

— Non, je ne vois pas !

Céline réagit au quart de tour. Elle se précipite une nouvelle fois sur son mari, les poings levés. Jo lui barre le chemin de sa carrure musclée.

— Gardez votre sang-froid, madame, ce genre de comportement ne nous aidera pas le moins du monde. S'il vous plaît.

— Comment ça, tu sais pas ? C'est le tien, et tu le sais très bien. Où étais-tu ? Mon bébé serait toujours vivant si tu avais été là ! braille-t-elle au visage de Laurent.

Le père ahuri répond avec une certaine faiblesse :

— Mais je sais plus, peut-être. Je sais plus, je sais plus, merde !

Martin reprend le cours de la discussion :

— Nous devons vous montrer le cartable de Léo et son contenu. Observez bien tout et dites-nous s'il manque quelque chose.

Martin aligne les différents paquets transparents sur la table basse. Les parents se regardent, désespérés. Ils examinent chaque élément, consciencieusement. Visiblement, rien ne manque. Cahiers, trousse, crayons. Il y a même le sachet vide des biscuits que Léo avait choisis le matin même.

Des larmes roulent sur leurs joues. Jo apporte le cartable, enfermé lui aussi, sous plastique.

Céline agitée s'exclame aussitôt :

— Où est Mascotte ? Mascotte n'est plus à la poignée de son sac !

— Mascotte ! C'est quoi exactement ? Vous pouvez préciser ? interroge Maurici.

— Il ne s'en séparait jamais, c'était comme son doudou. Il était accroché à la poignée de son cartable, et il vérifiait tous les matins qu'il était bien noué. Pour ne pas le perdre, vous comprenez ?

— Oui certainement, mais à quoi ressemble cette mascotte ? C'est une peluche ?

— Non, non pas du tout, c'est un… foulard.

Céline craque, elle ne peut plus continuer. Laurent prend la suite de la description du doudou.

— C'est un grand foulard Hermès, il est de couleur parme avec les bordures plus foncées, lilas, vous voyez ? Et il y a des chevaux à bascule, imprimés dessus. Je l'ai retrouvé dans mon taxi, il y a une dizaine d'années. À l'époque, j'ai mis des annonces dans les commerces pour retrouver son propriétaire. Il avait sûrement de la valeur pour quelqu'un que j'avais transporté. Et puis, Léo est tombé dessus, un jour que nous faisions du tri à la maison. Il commençait juste à marcher à quatre pattes et il ne l'a plus quitté.

— Auriez-vous une photo sur laquelle on pourrait le distinguer ?

— Heu… peut être, il faut qu'on cherche, mais de là à ce qu'on le voit entièrement…

Bellamy pianote et effectue des recherches sur son Smartphone tout en suivant la conversation. Il montre l'écran de son portable à Laurent.

— Est-ce que ça pourrait lui ressembler ?

— Oui, c'est ça ! C'est exactement le même. En tenant, compte que l'usure est plus prononcée sur celui de… Léo.

— Très bien. Nous avons malheureusement le regret de vous informer qu'il faut procéder à la reconnaissance du corps, avant l'autopsie. Voulez-vous le faire dès ce soir ? Votre enfant vient d'être évacué à l'institut médico-légal. Nous vous escorterons jusque là-bas.

Les parents se raidissent. Ils essaient péniblement de balbutier quelque chose d'inaudible. Martin Bellamy comprend. Ils sont terrorisés à l'idée d'affronter la mort en face. Leur enfant, enfermé dans un tiroir de morgue. Une expérience indélébile et sordide. L'adjudant-chef connaît ces situations par cœur. Il sait employer les mots justes. Pas pour apaiser. Les proches des victimes ne le seront plus jamais. Des paroles convaincantes. Celles qui consistent à faire accepter la lourde épreuve de l'identification du corps. Plus tôt elle est pratiquée, mieux c'est. Excepté dans le cas où la victime est méconnaissable. Il faut alors prendre le temps de la rendre présentable.

Bellamy est persuasif. Malgré toute l'inquiétude que ce protocole suscite, Céline et Laurent acceptent de se rendre le soir même à l'IML.

Céline prend cinq minutes pour se passer de l'eau sur le visage. Les trois hommes attendent dans l'entrée sans un mot. Chacun sait que l'heure qui va suivre sera éprouvante. Céline descend l'escalier, la tête vissée dans ses épaules.

— Tu es sûre de vouloir le faire ? Je peux y aller seul, tu sais, tente Laurent.

Céline se redresse aussitôt et fusille son mari d'un regard noir et menaçant.

— On y va, crache-t-elle haineuse.

Le couple Charvet monte dans sa voiture. Les enquêteurs font de même et passent en tête. Tous prennent la direction du huitième arrondissement de Lyon, au douze de l'avenue Rockefeller.

Arrivé au carrefour du chemin fatal, celui qui a mené Léo à son bourreau, Laurent ralentit. Il s'arrête. Il ne distingue pas le pré. Les véhicules de gendarmerie et des techniciens se sont évaporés. Ils ont laissé place nette. Comme si rien ne s'était passé. Si seulement. Le silence règne. Un silence de mort.

10

La soirée bien entamée, la nouvelle du meurtre du petit Léo s'est répandue comme une traînée de poudre. Très vite dans le village, des groupuscules se forment. On peut lire la consternation sur les visages exsangues. Les badauds en mal de sensations fortes errent çà et là, comme des âmes en peine. En quête de potins encore plus monstrueux que ne l'est déjà la réalité. Un jeu malsain vient de s'ouvrir. La règle en est simple et pernicieuse. C'est à celui ou celle qui ramènera la rumeur la plus farfelue, voire même la plus insolite.

Une vague de repeuplement de Chabanière s'engage depuis quelques années. Les logements sociaux poussent comme des champignons. Une véritable reconquête du milieu rural et un rajeunissement de la population sont en marche. Les Coteaux voient aussi une affluence démesurée de jeunes couples ambitieux, à la recherche d'un coin de verdure pour y bâtir leur foyer.

Inévitablement, cette évolution s'accompagne d'une importante mutation sociologique. De nouveaux profils d'habitants font leur apparition. D'un côté, une population très modeste, se contentant des logements sociaux flambants neufs, au confort spartiate. De l'autre côté, une population plus aisée, dans un processus de « gentrification » de certains quartiers. Des individus qui n'hésitent pas à s'endetter sur des décennies pour voir sortir de terre leur havre de paix. Bien souvent des carriéristes faisant passer la famille au second plan.

Chabanière demeure un village-dortoir, malgré l'essor immobilier qu'il connaît. Un seul commerce résiste encore. Le café de la place. Celui-là même où Aymeric et Alban se donnent rendez-vous, avant chaque visite à Moon. Rares sont les habitués qui s'y retrouvent, désormais. Les gens partent tôt, rentrent tard. Ils se croisent tout au plus. Les différentes classes sociales ou ethnies se tolèrent, mais ne se côtoient pas pour autant. En dépit du renouvellement démographique, Chabanière reste une commune conservatrice. Les suffrages exprimés en faveur du Front national, aux dernières présidentielles de 2012, ne laissent aucun doute sur la couleur politique de cette localité champêtre.

C'est dans une ambiance pathologique que la nuit commence à tomber. Les attroupements grossissent. Chacun y va de bon cœur sur d'hypothétiques coupables. Les conversations deviennent de plus en plus nuisibles et contagieuses. Les langues de vipère se délient dangereusement. Alors, le jeu prend une nouvelle tournure. Certains noms commencent à être lâchés. D'abord, celui que tout le monde appelle «l'idiot du village». Il a déjà eu des problèmes pour exhibitionnisme! Peu probable, il est interné depuis des mois. Puis, les soupçons se portent sur «le barbu et sa smala». Ils viennent d'emménager dans un appartement de l'OPAC. Un couple de migrants syriens et leurs six enfants s'entassent dans un soixante-dix mètres carré. Les trois aînés sont déjà connus des services de police.

Mais les villageois en ignorent encore les raisons. Ça peut coller!

Autant de charmants citoyens et de bons chrétiens dotés d'une imagination débordante qui enchérissent la liste. Le marginal du Bois de Pinloup devient à son tour un excellent candidat. Un illuminé qui vit dans une cabane au milieu des bois, avec deux poules et un chien. Il ne parle à personne. D'ailleurs sait-il parler? Vraisemblablement, il ne sort jamais de sa jungle! Puis, une vieille femme plus hardie que les autres, mais aigrie par la vie, s'avance. C'est une grenouille de bénitier de la paroisse. De celles qui se prosternent devant l'autel tous les dimanches et déblatèrent sur leur prochain, dès la sortie de la messe. De son air pincé et vicieux, elle incrimine d'emblée les gitans. La famille Dedinger se compose de sept ou huit individus, ce n'est pas très précis. Ils vivent dans deux caravanes, à proximité du terrain de sport. Elle soutient mordicus que les enfants en ont peur. Là, c'est certain, elle a fait mouche, la grenouille!

Cela fait des années que les habitants de Chabanière font des pieds et des mains pour les exclure définitivement. Ils sont expulsés régulièrement par la gendarmerie. Ils reviennent immanquablement s'installer au bout de quelques mois. Plutôt plausible, cette fois! De plus, ils sont issus d'une famille de maquignons. Ils aiment s'arrêter devant les chevaux qu'ils croisent. Ils donnent facilement des conseils aux propriétaires. Des préceptes plus ou moins testés et validés.

Il est tard et la nuit est maintenant éclairée par l'astre lunaire plein et lumineux. La vieille n'en a pas terminé.

Cet oiseau de mauvais augure sort enfin son joker de sa manche. Celui qui va lui faire gagner cette partie machiavélique. Celui qui va mettre le feu aux poudres. Celui qui va déclencher les foudres de Satan, en cette nuit de pleine lune. Elle informe la populace, de source sûre évidemment, que le maire est absent. Il se prélasse dans les îles et ne peut pas rentrer dans l'immédiat. La foule se tait. La tension est palpable. Les conversations reprennent à voix basse, dans un premier temps. Le ton monte crescendo. La colère atteint maintenant son paroxysme.

Ce maire dont les électeurs ne voulaient plus. Lors des élections, il s'est retrouvé en bout de liste. La seule et unique liste, malheureusement. Ce qui devait arriver est arrivé. Il est de nouveau à la tête de la commune. Sans scrupules ni honte. Une injustice politique très lourde à digérer, pour les administrés. «Diviser pour mieux régner» doit être son leitmotiv secret. Diviser les agents. Diviser les habitants. Diviser le monde agricole. Laisser des passe-droits à Pierre pour dépouiller Paul. Telle a toujours été et telle reste sa politique de margoulin manipulateur.

Le temps est venu de réparer cet affront. L'enfant de SON agent est assassiné dans SON bourg et il ignore le drame, outrageusement, préférant barboter dans les mers des Antilles. Les esprits s'échauffent. Coûte que coûte, le maire va rentrer et rendre des comptes. De petits groupes s'organisent.

La nuit sera longue. Les volontaires filent se changer. Récupérer du matériel. Un *dress code* est instauré, le noir, cela va de soi. Tous savent ce qu'ils risquent. Pourtant rien ne les arrête. Plus tard, une quarantaine de personnes se retrouvent. L'éclairage public s'éteint vers vingt-trois heures. Économie d'énergie oblige. Le bourg est dans le noir total. Il n'est donc pas utile de trouver un lieu sombre et discret pour se rencarder. Ils sont déjà tous encapuchonnés et camouflés derrière des masques, des cagoules ou des foulards. C'est à se demander si le scénario n'est pas inspiré d'*American nightmare*. On jurerait les personnages sortis du film. À quelques détails près. Leurs voix et leurs démarches les trahissent. Il y a des jeunes, des moins jeunes et des vieux. Des hommes, des femmes et des ados. De toutes classes sociales, religions et cultures confondues. Impensable il y a encore quelques heures. Un dernier individu arrive. Le groupe se retourne aux sons des rangers qu'il porte aux pieds. L'obscurité laisse juste deviner des vêtements de camouflage. Une casquette noire, une capuche par-dessus et un foulard bleu sur le visage. Tous ont l'illusion parfaite que ce nouvel arrivant n'a pas de visage. Impressionnant. L'intermède prend fin. Les directives du déroulement des opérations reprennent. Il n'y a pas de chef, chacun sait ce qu'il a à faire. Avant de se séparer, ils joignent leurs mains les unes sur les autres. L'instant solennel est venu de jurer, le silence et le secret sur la mémoire de Léo. Les clans ont un secteur et des cibles proprement définis. Il est temps de passer à l'offensive. Les minutes sont comptées. Tout doit se jouer en un quart d'heure.

Être par groupe d'une dizaine rend le jeu bien plus facile qu'ils ne l'imaginaient. Beaucoup d'entre eux sont venus avec des cocktails Molotov. L'efficacité de ces bombes artisanales n'est plus à démontrer. Elles détruisent un maximum d'objectifs en un minimum de temps.

Du centre du bourg, les sirènes des pompiers s'entendent à plusieurs kilomètres. Dès les premiers retentissements, les quatre bandes se dispersent et les anonymes s'évaporent dans la nature, juste avant l'arrivée des secours.

Les soldats du feu arrivent sur ce qui ressemble à un champ de bataille. La bourgade est en partie dévorée par les flammes. Ils luttent toute la nuit pour venir à bout du résultat de toute cette violence. Plusieurs brigades de gendarmerie se sont déplacées et œuvrent méticuleusement pour retrouver les auteurs présumés de ce brasier. Mais pour l'heure, les témoignages recueillis, étrangement, ne laissent entrevoir aucune piste. Si ce n'est que les vandales étaient nombreux. Oui, très nombreux. Personne n'a rien vu, rien entendu. Certains dormaient déjà. D'autres regardaient la télévision. Un sentiment d'indifférence générale se dégage.

Il est deux heures quand les dernières flammes sont définitivement étouffées. Les pompiers rangent le matériel soigneusement et s'apprêtent à décamper. Un spectacle de désolation s'offre alors aux plus matinaux.

Les bâtiments communaux n'ont pas résisté à l'assaut des assaillants noctambules. La mairie est partiellement incendiée. Le bureau du maire est dévasté. Un cocktail

Molotov bien lancé a atteint la cible. Des graffitis en lettres rouge sang ornent la façade. «LE MAIRE EST COMPLICE JUSTICE POUR LÉO». La salle des fêtes n'est plus prête à accueillir de nouvelles festivités avant bien longtemps. L'intérieur et l'extérieur sont saccagés. Les crépis et les baies vitrées bombés de toutes les couleurs. Le local des agents n'a pas été épargné. Il a subi le même sort dégradant. Les véhicules de la voirie ne sont plus que des tas de tôles calcinées. Le terrain de tennis a un aspect lunaire. Des cratères par dizaines déforment la résine synthétique du court. L'effet est étonnant.

La famille «Barbu» se déplacera dorénavant à pied. Leurs trois voitures sont parties en fumée. Un scooter garé à proximité n'est plus que l'ombre de lui-même. Leur cave est sens dessus dessous. Un message, on ne peut plus clair, est gravé sur la porte. «BARREZ-VOUS BANDE DE SAUVAGES» et «CRÈVE DAESH» le tout agrémenté d'une tête de mort. L'immeuble occupé par quelques familles n'est pas endommagé. Une orchestration presque élégante et judicieuse.

Plus haut, dans le centre du village, une lueur d'espoir. L'école, la cantine, la bibliothèque et le terrain de sport sont préservés. Les structures relatives aux enfants ont conservé leurs apparences.

En revanche, les gitans ne possèdent plus rien. Juste leurs yeux pour pleurer. Ils ont été tirés de leur sommeil en pleine nuit. Ligotés et assommés. Ils ont repris connaissance à cause de la chaleur qui se dégageait, tout à côté. Le feu était en train de dévorer les deux caravanes. Physiquement, des traumatismes crâniens sont à déplorer et à surveiller de près. Toute la famille a été évacuée vers le Centre hospitalier Lyon-Sud. Moralement, ils sont anéantis, brisés.

Cette échauffourée nocturne très élaborée et organisée au millimètre près a eu raison de l'insouciance d'un responsable de collectivité peu scrupuleux. La dispersion fulgurante des casseurs aux premiers sons des sirènes a minimisé l'attaque de sa villa. Elle était visée aussi. Quelques vitres explosées par des cailloux. Rien de bien sensationnel, en somme.

Comment un village d'apparence paisible, peut-il se corrompre à ce point ? L'extrapolation en est la cause indéniable. Certaines âmes oisives et désabusées se nourrissent de rumeurs. Elles les préservent, les fortifient. C'est la première phase. La deuxième phase consiste à les modifier, les amplifier. Puis vient la phase finale, la plus délicate. Il faut faire preuve de cynisme et de perversité pour enfin transformer une rumeur en information. Surtout quand il s'agit de trouver un coupable. Le meurtrier de Léo.

Les résidents se réveillent dans une odeur de fumée. Petit à petit, les gens sortent et constatent les dégâts. Sans commentaire.

Un adolescent à l'air hagard se dirige à l'endroit où il a garé son scooter la veille. La colère s'empare soudain de lui. L'ado jure, peste et profère des insultes. Il lance de grands coups de pied dans ce qu'il reste de son engin. Un tas de ferraille carbonisée.

La Brigade de Recherche de Givors est dépêchée pour l'enquête. Les investigations seront longues et fastidieuses. Cela n'échappe à personne. Étrangement, les gens sont devenus totalement aphasiques ou silencieux. Un sortilège collectif plane sur le village de Chabanière.

11

Huit heures quarante-cinq, Martin et Jo arrivent à la
SR. La soirée s'est avérée compliquée à L'IML. Céline et
Laurent Charvet, face au cadavre de leur fils, ont littéralement craqué. Les deux gendarmes ont dû gérer crise
de nerfs et pétage de plombs des parents assaillis par la
douleur et la colère. Bellamy et Maurici ont été confron-
tés plus d'une fois à ces situations. Pourtant, jamais ils
ne se sont habitués. «Quand l'habitude se fera sentir,
il sera temps de partir», telle était leur adage. L'empa-
thie est une qualité primordiale dans ce métier, capable
de régler bien des choses, et certes ils n'en manquent
pas. Le couple a patienté une bonne heure après la reconnaissance du corps. Ils avaient besoin de reprendre
leurs esprits, ou ce qu'il en restait. Puis, ils sont rentrés
à Chabanière, sans se douter un seul instant de ce qu'il
s'était passé pendant la nuit dans leur village.

Martin et Jo, eux, ont eu vent de l'événement dès leur
arrivée.

— Ils sont complètement givrés, dans ce patelin!
s'énerve Jo. J'espère que la BR de Givors va vite mettre
la main sur ces barjots.

— Pas si sûr, apparemment tout le monde s'est
muré dans le silence, mais il faudra quand même
creuser de ce côté-là aussi, le meurtrier de Léo a bien
pu participer au carnage. Bon, Joseph, ce matin tu
retournes sur les bancs de l'école pour voir ce qu'il

ressort de cette cordelette. Une audition de la maîtresse de Léo peut nous en apprendre un peu plus. C'est bien connu, les instits connaissent tous les petits secrets des familles. Sa maîtresse, c'est aussi la directrice, non ?

— Oui, du coup, je fais d'une pierre deux coups ! Et toi tu rends visite à nos amis les bêtes ?

— Oui, d'ailleurs je te déposerai à l'école, mon petit Joseph ! s'esclaffe-t-il. Tu en as sûrement pour plus longtemps que moi, je te rejoindrai.

— OK, viens, on se prend un café avant de décoller.

Ils se dirigent ensemble vers la machine à café et continuent de programmer la journée.

Jo demande soudain :

— À quelle heure est prévue l'autopsie ?

— Fin d'aprèm, vers dix-sept heures trente, je crois.

— Ça nous laisse le temps d'auditionner les parents. Je sais pas toi, Martin, mais moi je le sens pas, le père. Il a un truc « chelou » et plus vite on l'entendra, plus vite on se fera une opinion.

— Je suis d'accord avec toi, mais si on veut un maximum d'infos, il est inutile de faire en sorte qu'il se braque de suite. On y va mollo et on avise. Pour l'instant, on n'a pas grand-chose.

— Tu oublies le porte-clés ? Et son emploi du temps ? Il n'en a pas fait mention, hier soir.

— Oui, c'est ce que je te dis, on n'a pas beaucoup d'éléments et on se doit d'être pragmatiques sur ce coup-là, mon Jojo, conclut Martin avec un clin d'œil envers son acolyte.

— Reçu cinq sur cinq, chef! C'est pas tout ça, mon grand, mais on a du taf et faudrait penser à y aller.

Le café avalé, ils s'engouffrent dans le parking, récupèrent un véhicule de fonction et prennent la route des Coteaux du Lyonnais. Vingt-cinq minutes plus tard, Bellamy dépose Maurici à l'école élémentaire des Tilleuls et trace son chemin jusqu'au centre équestre «Gavroche et compagnie».

Maurici se trouve face à un interphone comportant plusieurs noms de locataires et celui de l'école. Les appartements de fonction n'étant pas attribués aux enseignants, ils sont loués aux particuliers. Il sonne. Un homme se présente à la hâte aux côtés de Jo. Il appuie sur l'interrupteur de l'école, à son tour. L'adjudant constate alors que l'inconnu se rend au même endroit. Une réponse se fait entendre au bout de quelques secondes.

— Allo! Veuillez-vous présenter s'il vous plaît! grésille l'appareil.

— Adjudant Maurici de la Section de Recherche de Lyon et… dit-il tout en considérant l'individu.

L'homme se penche devant le boîtier:

— Victor Dahan, heu… écrivain!

— Très bien, je vous ouvre!

Un «clic» annonce que le portillon est déverrouillé. Ils pénètrent tous deux dans la cour. Victor Dahan engage la conversation:

— La Section de Recherche dans une école? Ce n'est pas commun.

— Non effectivement. Et vous ? Vous êtes écrivain ?

— Oh ! Heu, oui pour les enfants, et je suis intervenant dans les écoles. Je présente mes livres et j'explique aux élèves les différentes étapes de la fabrication d'un livre.

— Intéressant ! Et chouette initiative. Si cela peut permettre aux enfants de lâcher les tablettes et de se mettre à la lecture… réplique Jo, tout en observant attentivement l'écrivain.

— C'est un pari ardu, mais je compte bien le relever. Je suis patient.

Sur ces belles paroles, la porte d'entrée s'ouvre.

Une femme les accueille, un tantinet agacée :

— Bonjour, messieurs ! Je vais vous faire patienter chacun dans un bureau et je viens vous voir. Monsieur le policier dans le bureau, de la directrice…

— Gendarmerie nationale, madame. Je ne suis pas de la police, rectifie Maurici.

— Ah pardon, mais c'est tout pareil ! insiste la femme. Et vous, monsieur Dahan, je vous invite à attendre ici, dans le bureau des maîtres. Vous connaissez les lieux ! Je ne peux pas vous consacrer beaucoup de temps. Je suis la maîtresse de la classe de CM1 et je ne veux pas laisser les enfants seuls trop longtemps. Vous comprenez ? lance-t-elle d'un ton cassant. Je reviens !

Elle n'attend pas les réponses des deux hommes et tourne les talons aussitôt.

Les bureaux sont mitoyens, séparés par une vitre recouverte d'un store. L'instinct de Jo le pousse à baisser légèrement une lamelle du rideau à l'aide d'un doigt. Il observe Victor Dahan. Il est certain que cet homme ne lui est pas inconnu. Il le dévisage encore sans que l'autre ne se doute de rien. Jo lâche le store dès qu'il voit l'institutrice rappliquer.

Elle entre sans ménagement et demande :

— Alors, que puis-je pour vous ? C'est à propos du pauvre petit Léo, je suppose.

— Je voudrais voir la directrice, s'il vous plaît !

— C'est moi qui prends le relais en son absence.

— Écoutez, madame, sans vouloir vous manquer de respect, c'est la directrice que je veux voir. C'était aussi l'enseignante de Léo, je crois, c'est donc avec elle que je veux m'entretenir. Je pense qu'elle sera plus à même de m'aider. Vous avez les CM1, donc vous n'avez pas eu Léo comme élève, avance Jo en se contenant.

— Oui, mais je viens de vous dire qu'elle est absente pour plusieurs jours.

— Très bien, veuillez me donner ses coordonnées, s'il vous plaît.

— Mais, je ne sais pas si je dois…

— Madame, je ne vous le demande pas, je vous l'ordonne ! Le meurtrier de Léo court dans la nature, j'ai une enquête à mener. Préférez-vous que je vous embarque sur-le-champ pour « entrave au bon déroulement de l'enquête » ? Suis-je assez clair ? se fâche Jo.

— Oui d'accord, heu… très bien… heu, je vous prépare ça tout de suite.

La main tremblante, elle griffonne le nom et l'adresse de la directrice sur un papier et le tend à l'adjudant. Elle est rouge de honte et regarde ses chaussures. Maurici lève les yeux au ciel, il la remercie et regagne la porte d'entrée. Il traverse la cour, sort par le portillon et décide d'attendre l'écrivain. Pourtant, il ignore s'il va ressortir de suite. Martin n'est pas encore arrivé, il a le temps. Il regarde le morceau de papier. Il se concentre. Il a du mal à déchiffrer l'écriture saccadée de celle qu'il vient de terroriser pour la journée. Jo entend la fermeture du portillon. Il relève la tête. L'écrivain est sorti.

— Vous êtes encore là ?

— Oui, j'essaie de lire ces pattes de mouches en attendant mon coéquipier ! Un médecin aurait fait mieux sans aucun doute.

— Vous voulez un coup de main ? Les écrivains ont l'habitude, ils sont experts en pattes de mouches ! plaisante Victor Dahan.

— C'est gentil, mais non, c'est confidentiel. Et vous ? Déjà sorti ?

— Heu, oui malheureusement. Je devais rencontrer la classe de la directrice, mais comme elle est souffrante, nous reportons la date ultérieurement. Et puis, j'ai cru comprendre que le moment était mal choisi de toute façon. Mais je n'en sais pas plus.

— Dommage pour les enfants, ils en auraient eu besoin. Dites-moi, on ne s'est pas déjà rencontrés ?

— Non, je ne crois pas.

— C'est étrange, votre visage ne m'est pas inconnu…

— Mmmh, c'est peut-être à la télévision. Je fais des apparitions sur certaines chaînes culturelles. J'en ai fait une récemment, d'ailleurs ! se vante l'écrivain.

— Non, j'en doute, je ne regarde pas assez la télé pour tomber dessus. C'est peut-être tout simplement que vous me rappelez quelqu'un.

— Il paraît qu'on a tous un sosie quelque part! relève Victor.

Maurici reconnaît le moteur de la Mégane de fonction. Il se lève et tend la main à l'écrivain tout en le fixant.

— Bonne continuation, monsieur Dahan!

— Merci, adjudant! Et de votre côté, quelle que soit l'affaire, j'espère que votre enquête aboutira, bonne chance.

— Tout n'est pas qu'une question de chance, monsieur Dahan, mais elle est toujours la bienvenue quand elle se présente. Au revoir, monsieur Dahan.

— Au revoir, adjudant Maurici.

Jo prend place dans la Mégane, sans piper mot. Il sait que son instinct ne l'a jamais trahi. Il connaît cet homme, il en est certain.

Toujours figé dans ses pensées, il n'entend pas Martin.

— Hé, Jo! Tu m'entends! T'es à des années-lumière, là, redescends mon pote.

— Oh, oui, excuse-moi Martin, j'étais perdu dans mes réflexions. Tu disais?

— Qu'est-ce qui est sorti de l'audition de la directrice?

— Rien, elle est absente. J'ai ses coordonnées. Et toi, les poneys ont été bavards?

— Oui, les proprios ont bien reconnu le matériel sur les photos. Ils se sont aperçus qu'il manquait une brosse et un cure-pied, mais ils ne se sont pas inquiétés. Les gosses ne rangent pas toujours le matos à sa place. Pour ce qui est de Léo, ils en ont dit que du bien. Il était assidu, prévenant avec les animaux. Il était très patient et curieux. En revanche, en ce qui concerne le père, ils ont été beaucoup moins éloquents.

— Ah ? Et pour quelle raison ?

— Visiblement, il est très antipathique au monde du cheval et à tout ce qui l'entoure. Un moniteur l'a entendu parler à Léo après un cours, et il braillait que c'était un sport de tarlouze, que ce n'était pas pour lui et qu'il devait changer d'activité.

— Effectivement, plutôt agressif. Il a du mal à gérer ses émotions c'garçon, non ?

S'ensuivent de longues minutes de silence.

Maurici crache soudain :

— Bordel, mais qui a bien pu s'en prendre à ce gosse ? Et pourquoi ?

— Je ne vais pas t'apprendre que des tarés, y en a partout. Et puis, arrête-toi deux secondes sur ce qui s'est passé cette nuit, dans cette bourgade. Ils sont plus nombreux que ce que l'on pense.

— C'est bien ce qui m'inquiète, confie Jo replongeant dans ses spéculations.

— T'as pas l'air dans ton assiette. Il s'est passé quoi à l'école ? demande Bellamy.

— J'y ai rencontré un écrivain et je mettrais ma main au feu que je l'ai déjà vu.

— Et c'est ça qui te chagrine mon Jojo! On en voit tous les jours des individus qu'on croit reconnaître. Merde, ça sonne, réponds Jo, s'te plaît!

Maurici saisit le portable :

— Oui, c'est bien l'adjudant Maurici!... OK, bien reçu! On arrive, on n'est pas loin, dit-il avant de raccrocher.

— C'était quoi? s'empresse de questionner Martin.

— La brigade de Mornant. Un jeune vient de déposer une plainte pour son scooter brûlé cette nuit. Il dit avoir été témoin d'un fait troublant le jour du meurtre.

La chance se présenterait-elle enfin, comme l'a souligné Jo à Victor Dahan, il y a quelques minutes. Gyrophares allumés, sirène hurlante et pied au plancher, Martin fonce en direction de la brigade de Mornant.

C'est dans un bureau exigu que les deux enquêteurs se retrouvent face à l'adolescent qui ne décolère pas que son engin ne soit plus qu'un souvenir. Après des présentations en bonne et due forme, ils tentent de l'apaiser. Ils lui expliquent que les assurances vont prendre en charge le sinistre et qu'il pourra en trouver un autre avec l'indemnisation. Le jeune est rassuré. Maurici et Bellamy peuvent maintenant en venir au fait.

L'adolescent, Tristan de son prénom, explique aux gendarmes sa mésaventure. Une voiture a failli le percuter en sortant d'un chemin. Il était environ seize heures quinze. Ce n'était pas le chemin dans lequel on a trouvé Léo. Non, juste celui d'après. Ils se rejoignent un peu plus loin. Martin lui demande s'il a pu reconnaître le véhicule. Tristan est affirmatif et n'hésite pas le moins du monde. C'était une Peugeot 2008, noire. Il a bien eu le temps de la détailler, en essayant de voir le conducteur. À la grande déception de Martin et Jo, le jeune n'a pas vu l'individu. Les vitres teintées l'en ont empêché. Quant à la plaque minéralogique, Tristan est navré de ne pas avoir pensé à la mémoriser. Cela ne lui a pas effleuré l'esprit une seconde.

La déposition touche à sa fin. Les enquêteurs appellent les parents de Tristan pour qu'ils viennent le chercher à la gendarmerie. Déterminé à déposer sa plainte, il s'est rendu à pied à Mornant. Martin et Jo lui signifient qu'ils doivent aviser ses parents de sa déclaration, du fait qu'il est mineur. Tristan n'y voit aucune objection.

Un peu plus tard, après le départ de Tristan, Jo scrute et interroge Martin :

— Alors, qu'est-ce que tu penses de ça ?

— J'en pense qu'on a un élément nouveau, et que les auditions prévues cet après-midi vont certainement être sportives. On commencera par entendre Laurent Charvet. Je suis curieux de savoir ce qu'il aura à nous dire.

— La famille proche est souvent suspectée en premier lieu, je ne t'apprends rien… jusqu'à preuve du contraire.

12

Le témoignage recueilli au cours de la matinée est plutôt prometteur. Martin et Jo n'en attendaient pas tant. Les investigations vont prendre un nouveau tournant.

Midi sonne au clocher de l'église de Mornant. Bellamy et Maurici décident d'aller déjeuner dans un restaurant du petit village médiéval de Riverie : «Les trois archers», un cadre idéal pour faire un peu le vide. La décoration atypique de l'endroit incite les yeux à se poser çà et là. Des arcs et des flèches sont accrochés aux murs. Le damier suspendu à l'envers au plafond attire l'attention et fait l'unanimité. Une cuisine traditionnelle et inspirée y est servie avec le sourire, la bonne humeur et sans supplément. Ils choisissent un petit menu. Rien d'extravagant, mais très efficace. Ils prennent une petite heure pour se restaurer, tout en discutant de choses et d'autres, mais pas de l'affaire Léo. Ils savent prendre le recul qu'il faut, quand il le faut. Ils profitent de ce moment pour rire, plaisanter et faire une parenthèse.

De retour à la caserne Delfosse, ils campent sur leur position d'entendre Laurent Charvet en premier. Il est quatorze heures trente quand le couple se présente sur les lieux. Martin explique le déroulement de l'après-midi aux parents de Léo qui ne mouftent pas. Jo précise qu'ils seront entendus en qualité de témoins pour les besoins de l'enquête.

— Mais témoins de quoi? fait Laurent, troublé. On n'était pas sur place quand…

— Du calme, suivez-nous. Vous devez nous parler de Léo, de sa vie et de vous. Vous comprenez? rétorque Martin posément.

Il fait entrer Laurent dans un bureau. Martin et Jo le talonnent. Le père de Léo s'installe sur une chaise face aux enquêteurs, mains sur les genoux. Son impatience est palpable. Son regard, glacial.

Martin prend la parole :

— Monsieur Charvet, parlez-nous de Léo.

— Qu'est-ce que vous voulez que je vous dise?

— C'était votre fils, un père a des tas de choses à dire sur son fils disparu.

— Il n'a pas disparu, il est mort. S'il avait disparu, j'aurais l'espoir de le retrouver. Mais là…

— Vous étiez proche de Léo? Je veux dire dans sa scolarité, dans ses loisirs ou ses passions.

— Vous savez, avec mon boulot, je n'ai pas trop le temps pour tout ça. C'est plus Céline qui gère.

Jo observe chaque réaction physique de Laurent, puis il prend la suite :

— Ah, oui c'est vrai, vous êtes taxi, c'est ça? Votre véhicule, si je me souviens bien d'hier soir, est un Peugeot 2008 de couleur noire?

— Oui, c'est ça. Je l'ai acheté récemment, c'est le modèle 2013.

— Que faisiez-vous hier entre quatorze et dix-sept heures ?

Laurent relève d'abord la tête, puis se redresse d'un bond en fulminant.

— Qu'est-ce que c'est que cette question tordue ? Vous disiez que j'étais là en qualité de témoin et je deviens suspect ! Bordel, mais ça va pas recomm…

Laurent interrompt brusquement sa phrase, le sang lui est monté au visage. Martin et Jo interloqués se regardent. Ils attendent.

Martin exige la suite :

— Recommencer ? C'est ce que vous alliez dire ? Recommencer quoi au juste ?

— Rien ! Rien du tout, je me suis emporté, c'est tout !

— Monsieur Charvet, je vous conseille de ne rien nous cacher. Si vous avez eu des antécédents avec la justice, vous savez que nous avons la possibilité de les trouver. Ça prendrait plus de temps et nous serions dans l'obligation de vous garder.

Laurent s'effondre, le visage dans ses deux mains. Les enquêteurs restent interdits devant la situation. Maurici propose un verre d'eau au père de Léo. Il accepte. Il prend une gorgée, respire et continue.

— Céline n'est pas au courant. Vous ne lui direz rien.

— Nous ne pouvons rien vous promettre de ce genre, grince Jo. Continuez, s'il vous plaît.

— Oh putain ! Je pensais que c'était derrière moi, tout ça !

— Continuez ! aboie Jo.

Laurent sursaute sur sa chaise et annonce la couleur.

— Je… J'étais marié avant Céline et heu… je suis veuf.

Voyant les deux officiers, face à lui, les bras croisés et rageurs, il baisse la tête et poursuit son récit.

— Elle a fait une chute dans l'escalier de notre maison. Elle était enceinte de huit mois. Elle descendait une balle de linge et… elle, heu… elle a perdu l'équilibre. Elle n'est pas morte sur le coup et… heu… les médecins ont pu faire naître le bébé. Un garçon. Elle est décédée tout de suite après.

Martin et Jo sont abasourdis par les déclarations de Laurent. Leurs bras se décroisent. Ils s'assoient et reprennent le cours de l'audition.

— Pourquoi avez-vous peur que cela recommence ? Je vous cite, s'étonne Jo.

— C'est moi qui ai appelé les secours, quand je suis rentré et que je l'ai vue inanimée par terre. Vos collègues avaient eu vent que mon couple battait de l'aile et… heu j'ai très vite été soupçonné. J'ai été placé en garde à vue quarante-huit heures. Le temps qu'il a fallu pour m'innocenter. Quarante-huit heures sur le grill. C'est épouvantable et je ne veux pas revivre ça.

— Qu'est devenu l'enfant ? interroge Martin.

— Je ne pouvais pas l'élever seul. À l'époque, j'étais routier et je faisais de l'international. Les parents de mon ex-femme ont proposé de l'adopter. J'ai accepté. J'ai tourné la page de cette partie de ma vie. Je n'ai plus revu personne et c'est mieux comme ça.

— Qu'avez-vous dit à Céline ?

— Elle sait que je suis veuf, mais je lui ai dit que ma femme était décédée d'un cancer. Je ne lui ai jamais parlé de l'enfant. Elle sait que c'est une période que je veux oublier, elle respecte ça et elle n'a jamais posé de questions.

— Monsieur Charvet, vous avez fondé votre famille sur des mensonges, qui sait ce que vous cachez encore ? insinue Martin.

Jo s'impatiente.

— Vous n'avez finalement pas répondu à notre question : que faisiez-vous hier au moment du meurtre de votre fils ?

— J'étais en course, du côté d'Avignon.

— Avignon ? Rien que ça ?

— Un couple en panne de voiture, à Vienne. Leur assurance pour laquelle j'ai un agrément m'a contacté pour les ramener dans le sud. C'est pour ça que j'étais en retard.

— Le taximètre doit pouvoir vous aider sur ce coup-là.

— Non, putain, il est en panne depuis hier matin. Mais vous pouvez vous renseigner auprès de l'agence d'assurances et ils vous donneront certainement l'identité des clients que j'ai transportés.

— On va faire ça ! ironise Jo.

— On ne vous cache pas que vous êtes en mauvaise posture, monsieur Charvet, avertit Martin.

— Quoi ? Mais qu'est-ce que c'est que ce traquenard ? Vous êtes malades !

— Je vous conseille de garder votre sang-froid. Que pouvez-vous nous dire du porte-clés retrouvé sur les lieux ? C'est bien le vôtre, n'est-ce pas ?

— Vous me suspectez pour un simple porte-clés ! Mais je l'ai égaré depuis plusieurs mois. Je ne me suis pas inquiété, c'est la clé de la boîte aux lettres qui est accrochée dessus. Peut-être même que c'est Léo qui l'a pris. Il y a le cheval Ferrari dessus, il n'en fallait pas plus à Léo pour qu'il lui tape à l'œil.

— Justement, en parlant de chevaux, vous êtes plutôt hostile envers les sports équestres que vous qualifiez de « sports pour tarlouze ».

— Putain, mais qui vous a dit ça ? Ce ne sont que des mots, merde ! C'est vrai que je trouve les cavaliers taillés comme des cure-dents, mais c'est leur problème après tout.

Le silence retombe soudainement dans le bureau. Les yeux de Martin fixent ceux de Laurent qui détourne aussitôt le regard. Martin a les yeux hétérochromes. L'un est bleu azur et le second a la particularité d'être doré. Il sait pertinemment qu'ils ont le don de déstabiliser ses interlocuteurs directs. Surtout les femmes. Les gens ont le sentiment d'être percés à jour par ce regard captivant et envoûtant. Martin a appris à en jouer.

— Regardez-moi ! somme l'adjudant-chef. En rentrant hier, vous avez peut-être aperçu Léo bifurquer dans le chemin, vous vouliez savoir ce qu'il allait y faire et vous l'avez suivi. Vous l'avez surpris auprès du cheval et ça vous a mis en colère. Nous avons pu constater que vous montez vite dans les tours.

Laurent, étonnamment, ne lâche plus Martin des yeux. La bouche grande ouverte, il boit les paroles de Bellamy. Il reste sans réaction quelques secondes. Il sort enfin de son état comateux et se défend, sonné, comme s'il venait de prendre une décharge électrique.

— Mais vous êtes des grands malades! Les chevaux? Léo m'a appris à les apprécier, en secret. On regardait des émissions ensemble, en attendant Céline. Pour cet été, j'avais réservé un séjour au «Puy du fou» et ensuite, on devait *faire tirer* jusqu'à Saumur y voir le «Cadre Noir». Je voulais qu'il voie des chevaliers, des mousquetaires et des Vikings à cheval, et après il aurait vu les grands écuyers, comme il disait. Il est parti sans le savoir, c'était une surprise. Même Céline ne le savait pas. Vous êtes complètement malades, finit-il en larmes.

— Vous êtes décidément plein de secrets et de surprises. Un témoin s'est présenté ce matin et a déclaré avoir évité de justesse une collision avec une voiture sortant du chemin parallèle à celui dans lequel on a retrouvé Léo.

— Et alors? En quoi ça me concerne?

— C'était un Peugeot 2008, noir. Monsieur Charvet, nous avons le devoir de vous informer qu'à partir de cet instant, vous êtes placé en garde à vue, conclut Martin.

— Mais, ça ne pouvait pas être moi, putain! J'étais sur la route! Non, c'est pas possible, vous ne croyez pas que j'ai tué mon gamin! Bordel, mais vous êtes cintrés!

Après avoir signifié à Laurent toute la procédure, Jo interpelle deux gendarmes. Laurent, encadré par les deux agents est emmené dans une cellule de la Section de Recherche.

L'énorme porte métallique rouge foncé se referme derrière lui. Le verrou claque. La clé tourne dans la serrure massive. Laurent reste debout et regarde autour de lui.

En face, des pavés de verre renvoient la lumière. Sur sa gauche, un bloc de béton muni d'un matelas douteux et d'une couverture miteuse. C'est là-dessus qu'il passera les prochaines interminables heures. À droite, à côté de la porte, des w.c. turcs en aluminium sans chasse d'eau. L'interrupteur de celle-ci doit certainement être accessible uniquement de l'extérieur de la cellule. Le carrelage du sol et les murs sont grisâtres et sinistres. Il aura tout le temps pour déterminer s'il s'agit de la couleur de la peinture ou de la crasse. Il sourit ironiquement.

L'histoire se répète une nouvelle fois pour Laurent. Quelle fin lui réserve le sort cette fois ? Il s'allonge, fixe le plafond un instant et ferme les yeux.

13

Céline attend depuis un certain temps, dans une pièce de la Section de Recherche. Elle n'a aucune idée de ce qu'il se dit ou se passe un peu plus loin. L'impatience commence à se faire sentir. Céline n'a plus d'ongles à ronger, elle fait craquer les articulations de ses doigts. Elle se lève, se rassoit, puis se relève et tourne autour de la table. La porte s'ouvre. Martin et Jo entrent. Céline devine immédiatement que quelque chose ne tourne pas rond.

Elle se fige et demande :

— C'était long, où est Laurent ? Il m'attend dans une autre pièce ?

— Asseyez-vous, madame s'il vous plaît, rétorque Martin.

Céline obtempère et reprend place sur la chaise. Les mains tremblantes, elle évite le regard pénétrant de Bellamy.

— Madame Charvet, nous avons placé votre mari en garde à vue, explique-t-il.

— En garde à vue ? Mais pourquoi ?

— Un témoin affirme avoir vu une voiture identique à la sienne sortir du chemin, hier après-midi. Il y a aussi le porte-clés retrouvé sur les lieux.

— Mais ce n'est pas possible, il était en déplacement, il a dû vous le dire. Il n'est sûrement pas le seul à posséder ce genre de voiture. Le témoin en question a précisé qu'il s'agissait d'un taxi? Mon Dieu, mais je nage en plein cauchemar!

— Vous savez comme nous, que le signal lumineux peut être enlevé. Nous allons vérifier son alibi. Que pouvez-vous nous dire sur sa première épouse?

Céline est surprise par cette question. Ébranlée, elle tente de répondre.

— Je sais juste qu'elle est morte des suites d'un cancer. Je ne sais rien de plus sur cette femme, Laurent voulait garder ça pour lui et c'est son droit. Pourquoi m'en parlez-vous? Quel est le rapport avec mon Léo?

Les deux agents commencent alors le récit que Laurent a confié lors de son audition. Secouée, Céline se mure dans le silence. Abattue par ce qu'elle vient d'entendre, elle se redresse lentement. Puis, elle se met à réfléchir à voix haute :

— C'est pour ça que tu m'as fait une crise quand je t'ai annoncé ma grossesse! enrage-t-elle.

Elle se lève d'un bond et frappe ses deux poings sur le bureau en s'écriant :

— Il voulait que j'avorte, ce salopard! Comment a-t-il pu me mentir à ce point? Et moi, je n'y ai vu que du feu!

Céline se laisse tomber sur son siège, anéantie. Puis, elle demande :

— Vous pensez vraiment qu'il aurait pu tuer Léo?

— Nous n'en sommes qu'aux prémices de l'enquête et nous n'écartons aucune piste.

Martin et Jo, sentant Céline à fleur de peau, savent pertinemment que plus rien d'exploitable ne sortira de sa bouche. La haine et la rancœur ont pris le dessus. Ils décident d'écourter l'audition. Laurent en cellule, sa voiture saisie, les enquêteurs proposent à Céline de la raccompagner à Chabanière. Elle refuse. Elle veut être seule. Elle se résout à prendre le métro jusqu'à Oullins, puis un car, et elle finira le trajet à pied. Seule, face au cataclysme.

Calée au fond du fauteuil de bus, Céline regarde par la fenêtre, pensive et meurtrie. Elle voit sa vie défiler à toute vitesse. Une vie construite dans le mensonge. Elle n'a jamais rien soupçonné. Est-elle plus crédule qu'elle ne le pensait ? Pourquoi Laurent lui a-t-il caché la véritable cause du décès de sa femme ? A-t-il quelque chose à se reprocher ? Autant de questions qui restent pour l'instant en suspens. Mais elle ne s'en satisfera pas. Laurent lui rendra des comptes, tôt ou tard.

Elle se souvient du jour où elle lui a annoncé sa grossesse. Laurent l'a d'abord regardée avec un air effaré, puis il a complètement disjoncté. Il a menacé de la quitter, si elle ne se faisait pas avorter. Il lui a dit qu'elle était trop chétive pour supporter une grossesse, que cela ne lui apporterait que des ennuis de santé. Laurent a déblatéré un temps interminable, sur tous les inconvénients qu'engendre l'arrivée d'un enfant. Céline n'en croyait pas ses oreilles. Elle ne reconnaissait plus son homme. Il a satirisé sa femme une journée entière. Céline a encaissé. Elle l'a laissé se défouler, cracher son venin. Elle est restée digne. Il est parti en claquant la porte. C'est juste à cet instant-là, qu'elle a relâché la pression qu'elle avait réussi à contenir.

Après avoir épuisé son stock de larmes, ses yeux rougis lui faisaient mal. Elle a pris une douche revigorante, bien déterminée à en découdre avec son mari et ses inepties. Céline était consciente des risques qu'elle allait prendre en l'affrontant. Elle était obstinée, mais ne faisait jamais de longs discours. Elle savait qu'une posture, une attitude adéquate et un bon mental suffisaient pour résister aux sermons fugaces et finalement inefficaces.

Ce soir-là, Laurent est rentré vers vingt heures. Il s'est servi un verre et s'est installé sur le canapé. Comme si rien ne s'était passé. Certainement persuadé que son show avait eu un effet persuasif sur sa femme. Céline a descendu l'escalier, rafraîchie et décidée. Elle a fixé Laurent de son regard bleu glacial. Convaincu d'avoir eu gain de cause, il lui a souri en penchant la tête. Elle lui a rendu son sourire tout en avançant vers lui. Elle lui a enlevé le verre des mains. Laurent s'est laissé faire, en imaginant déjà une suite prometteuse et sensuelle.

Céline a posé son index sur son torse, et d'un ton calme et contrôlé, a déclaré :

— Je vais garder cet enfant, que tu le veuilles ou non. Libre à toi de faire tes bagages et de partir. Tu as plus besoin de moi que je n'ai besoin de toi. À présent, c'est à toi de prendre ta décision ; pour ma part, c'est fait et je ne reviendrai pas dessus. C'est clair pour toi, maintenant ?

Puis elle a fait volte-face en le laissant là, en tête à tête avec son propre sort. Médusé.

Laurent n'a pas desserré les dents durant le reste de la semaine. Fatigué de cette situation, il a fini par capituler. Il est rentré un soir, les bras chargés de cadeaux pour Céline et pour le bébé à venir. Il a imploré Céline de lui pardonner son comportement. Plus tard dans la soirée, il lui a confié son appréhension d'être père, de ne pas être à la hauteur. Céline a su le réconforter et le rassurer. Cette histoire sordide s'est éloignée du couple chaque jour un peu plus. La vie «normale» a repris son cours.

Un sourire s'affiche sur le visage de Céline. Léo, son fils adoré. Le film de sa trop courte vie se déroule, vite, trop vite. Elle voudrait mettre sur «pause» chacune des images qu'elle voit. La naissance de son bébé, cet instant magique et fusionnel. Ses premiers pas, ses premières dents. Ses premiers mots, ses premiers maux. Tout lui revient instantanément. Léo et son petit cartable bleu, fier de rentrer à la maternelle. Soudain, tout s'accélère. Le film s'emballe. Céline panique. Elle est oppressée, elle ne maîtrise plus rien. De grosses gouttes de sueur perlent sur son front. Elle se sent ballottée, elle croit entendre Léo qui l'appelle «Ma... ma...!».

— Madame! Réveillez-vous, madame, nous sommes arrivés à Mornant. C'est bien là que vous descendez, n'est-ce pas?

Céline ouvre les yeux, effarouchée et désorientée. Elle attrape ses affaires avec un sentiment de malaise et s'adresse au chauffeur de bus.

— Oh, heu oui, excusez-moi. Je crois que je me suis assoupie. Au revoir et merci.

Céline descend du car maladroitement. Elle s'assoit un instant dans l'abribus et reprend peu à peu ses esprits. Elle sort une petite bouteille d'eau de son sac à main. Elle boit quelques gorgées, puis elle se met en route, pour parcourir les deux kilomètres qui la séparent de chez elle.

14

Onze ans plus tôt, juin 2003

Éric avait roulé à toute berzingue pour atteindre le CHU de Lyon Sud. Il sortit de la voiture comme une furie, puis il déboula à l'accueil des urgences en hurlant comme un damné qu'il lui fallait de l'aide. Marie était restée à demi-consciente sur le siège passager. Rapidement, les brancardiers furent à ses côtés. Ils prirent un soin prodigieux pour l'extraire du véhicule. Malgré tout, on pouvait deviner, sur le visage difforme de Marie, la souffrance qu'elle endurait. Les médecins de permanence, pourtant habitués à voir des horreurs, eurent un haut-le-cœur en constatant l'état de Marie. La prise en charge ne tarda pas.

Emmenée dans un box de consultation, elle tendit la main vers Éric en pleurant, silencieusement. Éric voulut la suivre. Les urgentistes lui firent comprendre qu'il était préférable de patienter à l'extérieur. Ils viendraient lui donner des nouvelles très vite. Très vite, c'est très long, dans un hôpital.

Marie avait peur. Elle avait les yeux exorbités de voir tout ce personnel s'affairer autour d'elle. Elle était prise de soubresauts à chaque fois qu'un médecin intervenait sur son corps. L'électrocardiogramme et la pression artérielle étaient au maximum de ce qu'un individu peut supporter. Il fallait agir vite et calmer Marie. Des antalgiques et un anxiolytique intraveineux lui furent administrés.

Quelques secondes plus tard, l'injection fit son effet. Marie était stabilisée et plus calme. Les médecins lui expliquèrent alors le déroulement de la consultation. Elle acquiesça en hochant la tête. Des larmes s'échappèrent de ses yeux tuméfiés. Ses forces l'abandonnèrent. Elle avait lutté jusque-là, alors elle rendit les armes et s'endormit.

Éric fut informé des différents actes médicaux que sa femme allait subir, durant les prochaines heures. Ils seraient nombreux, très nombreux. La nuit ne serait certainement pas assez longue. Son état était préoccupant et sérieux. Sans perdre de temps, Marie fut transférée au service de réanimation. Dès lors, et sans diagnostic confirmé, le pronostic vital de Marie fut engagé.

Subitement, les questions fusèrent sur les circonstances de l'agression. Éric, décontenancé de ne pas pouvoir y répondre, s'écroula sur le sol. Il se reprit en main, souffla plusieurs fois. Comme s'il voulait expulser le diable.

Les praticiens avisèrent Éric que les blessures graves de Marie les obligeaient à faire intervenir la gendarmerie, afin qu'une enquête soit menée. La brigade de Saint-Genis-Laval serait au chevet de Marie dès l'aube. Son état ne lui permettait plus d'être entendue dans l'immédiat.

Éric passa la nuit au centre hospitalier. Une nuit assommante. Il déambula pitoyablement dans les couloirs.

Il attendait le cœur tambourinant dans sa poitrine. Il se tenait réveillé en buvant nerveusement café sur café. Le jour commençait à peine à se lever, quand un médecin vint à sa rencontre.

Après une batterie d'examens qui avait occupé les médecins toute la nuit, le couperet tomba. De très lourdes interventions chirurgicales furent programmées. Le visage de Marie souffrait d'innombrables fractures. Le pire était encore à venir. Les examens gynécologiques furent sans appel : suite aux sévices sexuels, Marie avait perdu l'enfant qu'elle portait. Une hystérectomie totale fut planifiée au plus vite aux conséquences lourdes de sens, qui bouleverseraient sans aucun doute l'existence de Marie et Éric Lacombe. Des mois d'hospitalisation seraient nécessaires pour remettre Marie sur pied. Tant physiquement que psychiquement. Mais rien de ce terrible diagnostic ne fut dévoilé à Marie, dans l'immédiat. Il était trop tôt.

Peu après la visite des médecins, la gendarmerie intervint. Le jour était maintenant bien levé. Les agents posèrent d'abord les questions d'usage à Éric. Il était toujours dans un état de frustration. Il avait découvert sa femme dans le sous-sol et ne pouvait pas apporter plus d'éléments, dans l'espoir de coincer le taré qui lui avait fait ça.

Les médecins donnèrent l'autorisation aux gendarmes d'accéder à la chambre de Marie. Toutefois, ils précisèrent que leur patiente était dans l'impossibilité de prononcer un mot, pour le moment. L'entrevue devait impérativement être de courte durée. Après une multitude de recommandations, les gendarmes et Éric entrèrent dans la pièce.

Marie avait encore les idées vaseuses, tout était confus, mais elle était bien décidée à se faire comprendre. Elle se débrouilla pour qu'il en soit ainsi. Un peu plus tôt, elle avait demandé aux infirmières de lui fournir un carnet et un stylo. Elle écouta attentivement chaque question. Elle répondit en écrivant grosso modo et lentement, sur le calepin. Marie ne savait rien de l'individu qui l'avait agressée. Elle ne l'avait pas vu. Il se tenait à contre-jour. Elle ne pouvait en faire aucune description. À la fin de l'entretien et au grand désespoir d'Éric, la conclusion de Marie fut implacable. Elle ne voulait pas porter plainte. Contre qui? Contre quoi? Un fantôme? Elle espérait juste essayer d'oublier ce calvaire. Elle voulait se battre pour guérir, et non contre des moulins à vent. Personne ne retrouverait cette ordure. Elle ne souhaitait pas gaspiller le peu d'énergie qui lui restait, dans une chasse au fantôme, qui était perdue d'avance.

Malgré son désaccord sur un dépôt de plainte, les faits qualifiés de graves et criminels imposèrent qu'une enquête soit ouverte. Après plusieurs semaines d'investigations, les enquêteurs de l'époque firent «chou blanc». Les enquêtes de voisinage ne donnèrent rien de concret. Personne n'avait rien vu, rien entendu. Faute d'éléments, la procédure risquait, à plus ou moins long terme, d'être classée sans suite.

Dans le même temps, Marie passa sur le billard. Le visage bandé, les lacérations suturées, et enfin l'hystérectomie qui fut le coup de grâce. Elle savait, désormais, qu'elle ne pourrait plus mettre d'enfant au monde. Elle sombra peu à peu dans la dépression. Quand elle apprit que son voisinage avait été interrogé, elle sut qu'elle ne mettrait plus jamais les pieds dans sa maison, dans son quartier. Elle ne supporterait pas qu'on la regarde comme une bête de foire. Et puis, il pourrait revenir.

Un mois s'était écoulé depuis le drame. Suite à une dépression sévère, les médecins préconisèrent à Marie, quelques semaines en maison de repos dès sa sortie de l'hôpital. Marie réfuta cette hypothèse catégoriquement. Éric tenta sans succès de la faire changer d'avis.

Le couple Lacombe avait hérité d'une maison de campagne à Lavilledieu, en Ardèche. Une magnifique maison de pierres, habitable, mais à restaurer. Elle se situait au milieu de nulle part. Deux hectares de verdure et un petit ruisseau cernaient l'habitation. Les premiers voisins se trouvaient à cinq cents mètres de là. Rares devenaient les moments qu'ils passaient à y séjourner. Le projet de vendre ce bien était souvent sujet à des discussions houleuses. Éric était conscient des frais qu'engendreraient de tels travaux d'aménagements. Marie, elle, aimait ce lieu malgré sa rusticité. Elle était apaisée quand elle s'y rendait. Le confort y était sommaire et spartiate. Le toit et les murs étaient sains. Il y avait l'eau, l'électricité et un poêle à bois. Que demander de plus? « Il faut se satisfaire du nécessaire », avait-elle argumenté auprès d'Éric. Il finit par ne plus évoquer la vente de la maison. Il attendait le moment opportun.

C'est là-bas que Marie décida de passer sa convalescence. Les allers-retours à l'hôpital ne lui firent pas revenir sur sa position. L'air pur l'aiderait à panser ses plaies, à refermer ses cicatrices. Si tant est que les stigmates psychiques cicatrisent un jour.

Elle harcelait quotidiennement Éric pour qu'il se débarrasse de leur maison. Il céda à sa demande et la villa fut vite dans les vitrines des agences immobilières du coin. En parallèle, il prospecta, à la recherche d'une nouvelle maison.

Marie et Éric Lacombe furent donc séparés, contraints et forcés par les aléas de la vie. Une vie qui ne les avait pas épargnés. Marie resta à Lavilledieu. Éric occupait toujours la villa, à contrecœur, jusqu'à ce qu'il trouve un nouvel acquéreur. Il rejoignait Marie tous les weekends, après le travail. Ils étaient heureux de se retrouver, sur le moment. Le célèbre adage, «loin des yeux, loin du cœur», prit malheureusement tout son sens, au fil des jours et des semaines.

15

La journée touche à sa fin. Les auditions des parents de Léo n'ont pas apporté plus d'éléments. L'heure de l'autopsie de l'enfant approche. Martin se porte volontaire pour y assister. Pendant ce temps, Jo se chargera d'entendre de nouveau Laurent. La disparition de la mascotte de Léo reste une énigme. Le fameux foulard n'a toujours pas été retrouvé. Jo espère bien faire parler le père.

Martin Bellamy a assisté un grand nombre de fois aux autopsies. Cependant, dès qu'il s'agit d'un enfant, il appréhende. Il a beau essayer de prendre du recul, il est mal à l'aise. Il ne se presse pas pour préparer ses affaires. L'heure tourne. Il est temps de se rendre au 12 Rue Rockefeller, dans le huitième arrondissement de Lyon. Les légistes ne supportent pas les retards.

Comme à son habitude, en arrivant sur les lieux, Martin observe quelques secondes le bâtiment quelque peu austère. Ce bâtiment dans lequel les cadavres sont stockés, en attente d'être ouverts et disséqués. Ce bâtiment, qui finalement détient la vérité sur les diverses causes de mort de ses petits protégés.

Martin monte l'escalier et pousse l'énorme porte vitrée. Il se dirige vers l'accueil et se présente. La procédure n'a plus de secret pour lui. Martin prend la direction des escaliers qui mènent à l'étage inférieur. Après une signature sur le registre, la secrétaire lui indique de patienter et de se préparer dans la salle d'attente. Martin consulte sa montre. Il a un peu d'avance. L'atmosphère est particulière comme à son accoutumée. Une odeur tout aussi particulière se dégage des portes qui s'ouvrent et se referment. Il croise des collègues de la gendarmerie, de la police. Il les salue de la tête. Des médecins, des employés des pompes funèbres et un thanatopracteur flânent dans le couloir.

Martin pénètre dans la salle d'attente. Sur une étagère, tout le nécessaire du parfait assistant est à disposition. Blouses, gants, surchaussures et masques. L'adjudant-chef se sert. Il prend un sachet sur chaque pile. Il se prépare. Cet accoutrement le fait sourire à chaque fois. Il attend.

Nathalie Molinaro, le légiste qui s'est rendu sur les lieux, le jour du crime, apparaît à l'entrée de la salle.

— Bonjour, Martin! C'est toi qui t'y colles aujourd'hui?

— Bonjour Doc! Oui, comme tu vois! C'est pas une partie de plaisir, mais il faut pourtant le faire.

— C'est vrai que quand c'est un gosse... bref, allons-y! Plus vite on y sera, plus vite on aura terminé. T'es tout beau, comme ça! Tu ne recherches pas un poste d'assistant, par hasard?

Nathalie sait comment détendre un peu l'atmosphère dans de telles circonstances. Martin lui sourit tout en attrapant ses affaires.

Il éprouve une grande fascination pour cette profession. À étudier et découper des cadavres toute la journée, il faut certainement être doté d'un mental à toute épreuve, ou presque. Il s'amuse souvent à taquiner les légistes qu'il assiste. Selon sa propre théorie hilarante, c'est le docteur Jekyll qui aurait créé le légiste. Un savant mélange de cellules de Sherlock Holmes, pour la faculté de recherche d'indices, et du Dr House pour le côté super-diagnosticien. Au sein de l'IML de Lyon, les médecins légistes ont d'abord soigné les vivants, avant de se consacrer aux morts. «Il faut bien connaître les vivants avant de comprendre les morts». Une devise qu'ils aiment reprendre lors de conférences.

Nathalie Molinaro et Martin Bellamy entrent dans l'une des salles d'autopsie. Une odeur de putréfaction s'en dégage. L'adjudant-chef dépose ses affaires sur une desserte, à côté de la porte. Il cherche le pot de Vicks et s'en badigeonne les narines.

La pièce est grande et adjacente à la morgue. Trois fenêtres opaques l'éclairent. Trois tables d'autopsie en acier inoxydable se dressent sur toute la longueur de la salle. Une tablette juste à côté, sur laquelle sont disposés les différents instruments utiles à l'autopsie. Un évier avec douchette prolonge chaque table. Deux grosses lampes scialytiques au-dessus. Enfin, une dernière table éclairée complète chaque bloc. Celle-ci est destinée à l'examen des divers éléments prélevés. Martin pose maintenant ses yeux sur le bloc du milieu. Le petit corps de Léo y a été déposé. Nathalie observe le désarroi de Bellamy en enfilant une paire de gants. Elle coupe court, en lui posant la main sur l'épaule.

— On y va?

— Oui, laisse-moi prendre l'appareil photo et le dictaphone.

Martin se dirige vers son sac à dos et en sort son appareil numérique et l'enregistreur, qu'il met en marche.

L'enfant est habillé. L'adjudant-chef procède aux premières prises de vues. Le légiste fait une description précise du cadavre. Identité, taille, poids pour commencer. Elle poursuit par l'âge, le sexe, la couleur des yeux et des cheveux. Elle termine par la race, la couleur de peau et l'état général de nutrition. Un curetage des ongles est fait avant d'ôter les vêtements du garçon, en les détaillant. Au moment d'enlever le bermuda de Léo, Nathalie constate qu'il y a eu un relâchement des sphincters. Une phase symptomatique typique d'une mort par asphyxie mécanique.

L'enfant est maintenant nu. Martin continue à prendre des clichés. Il vérifie que le dictaphone est toujours en mode enregistrement. Nathalie scrute chaque centimètre carré du corps de Léo. Elle note de nombreux hématomes au niveau des épaules, du thorax, du dos et de la face. Léo n'avait aucune chance, piégé dans une telle étreinte. Quand Nathalie ouvre la bouche de Léo, elle mentionne que la langue comporte des plaies. Un nouvel indice qui confirme les causes de la mort. Puis, elle revient sur la cyanose cervico-faciale, qu'elle avait fait observer à Martin et Jo le jour du meurtre. Ainsi que les taches de Tardieu. Suite à l'exploration des organes génitaux et de la marge anale, le légiste est formel, Léo n'a pas subi de violences sexuelles. L'examen externe terminé, Nathalie doit maintenant recourir à l'examen interne. La partie de l'autopsie la plus redoutée par les assistants d'un jour.

Nathalie prend le scalpel et fait une incision mento-pubienne profonde. Tous les viscères sont alors accessibles. Elle jette un coup d'œil sur Martin, qui perd subitement son teint hâlé.

Les organes du thorax et de l'abdomen sont examinés sur place. Ils sont ensuite enlevés, disséqués et pesés. Les voies aériennes sont également passées au bistouri et analysées. Le légiste termine l'autopsie par la boîte crânienne. Elle est découpée méticuleusement. La poussière d'os vole en fines particules. L'encéphale en est extrait. Il subira le même sort que le reste des organes. Les échantillons prélevés et soigneusement emballés sont envoyés au laboratoire de l'IML, dans la foulée. Martin sait que la fin de l'autopsie est proche. Nathalie est sur le point de remettre les différents organes en place et de refermer le tout. Avant, elle s'adresse à Martin :

— C'est bon, Martin, je te libère. Je termine et je te rejoins.

— OK, je serai dans la salle d'attente.

Martin se hâte de se débarrasser des protections à usage unique et les jette dans la poubelle prévue à cet effet. Il sort de la pièce en traînant avec lui cette odeur de macchabée. Installé confortablement, il écoute l'enregistrement du rapport d'autopsie. Il ne faut pas longtemps à Nathalie pour rendre le corps de Léo à nouveau présentable. Il peut dorénavant être rendu à sa famille pour l'inhumation. Nathalie retrouve Martin qui arbore un sourire radieux.

— Contente de voir que tu as retrouvé des couleurs, mon grand ! Un café, ça te dit ?

— Avec plaisir, j'aimerais avoir une autre odeur dans le nez que ce parfum de putréfaction !

En sirotant son café, le légiste fait un rappel rapide de ses conclusions.

— Comme tu l'as compris, la cause du décès de Léo est bien la suffocation, par occlusion de la bouche et du nez. Les premiers éléments recueillis sur place ne laissaient pas beaucoup de doute, et avaient démontré que le meurtrier a utilisé un sac plastique. Aujourd'hui, les poumons et le cerveau ont parlé et confirment la thèse. Les soupçons se portent sur le père ? demande Nathalie, interdite.

— Pour l'instant, oui. Une voiture identique à la sienne a été vue dans le chemin, ce jour-là. Il a des antécédents pas très clairs, qui méritent qu'on se penche dessus sérieusement. Il n'est pas net, ce mec.

— Oui, c'est ce que j'ai su. Un mytho, le gars.

— Demain, on perquisitionne le domicile et on vérifie son alibi.

— Et la mère dans tout ça ?

— Je te laisse imaginer. Son enfant assassiné, son mari soupçonné et en garde à vue, et pour bien enfoncer le clou, elle apprend qu'il lui a menti sur toute la ligne. Depuis dix ans, elle vit avec un homme qu'elle ne connaît pas.

— Pfff ! Une mère peut-elle se remettre d'un tel drame ?

— Non, doc. Mais tu sais comme moi qu'elle survivra. Bon, ce n'est pas que ta présence me déplaise, mais la journée a été longue et à cet instant précis, je rêve d'une douche bien chaude. L'odeur de cadavre qui s'imprègne partout, je ne m'y ferai jamais ! Je ne sais pas comment tu fais. Tu me révéleras ton secret un de ces jours !

— Venant de toi, je vais prendre ça comme un compliment ! s'esclaffe Nathalie.

— Tu peux ! Tu sens toujours très bon ! lui dit-il à l'oreille en l'embrassant sur la joue.

— Bon retour, Martin, et je te souhaite un bon moment de détente sous la douche !

Martin acquiesce avec un clin d'œil et quitte l'IML. Épuisé.

16

Martin a eu une nuit agitée. Chaque fois qu'il assiste à une autopsie, c'est le même rituel et, ce, quelle que soit la victime. Il éprouve une grande difficulté à s'endormir, pour commencer. Puis, s'ensuivent de nombreux réveils au cours de la nuit. L'insomnie le gagne irrémédiablement. Martin tourne et retourne au fond de son lit. Il se lève, boit un verre d'eau et se recouche. Il regarde passer les heures, fébrilement. La plupart du temps, le sommeil revient quand le réveil est sur le point de donner l'alerte. Autant dire que les lendemains sont difficiles et qu'il n'est pas à prendre avec des pincettes.

Dans un état second, il dépose ses affaires dans un coin de son bureau. Il vient à peine d'arriver que le téléphone retentit déjà. Il répond dès la première sonnerie, tant le son lui est insupportable ce matin.

— Adjudant-chef Bellamy! … Oui!... Mince, mais c'est inespéré! Vous avez quoi?... Faites le nécessaire pour le récupérer? Oh, bon sang, mais vous avez dû la contaminer!... Bon, bon d'accord, on arrive au plus vite, ne touchez plus à rien et attendez-nous.

Martin raccroche l'air éberlué. Jo entre sur la pointe des pieds dans le bureau pour le saluer. Il connaît bien son coéquipier et sait pertinemment que le calme est de rigueur les lendemains d'autopsie.

— Salut, mon grand! Ça va pas trop la tête dans l'cul, ce matin?

— Non, enfin si, mais je viens d'avoir une nouvelle mon pote, qui me fait oublier cette nuit merdique! Mais j'en ai aussi une mauvaise.

— Oh, tu m'en diras tant! Et c'est quoi les nouvelles du jour?

— Alban Caron vient d'appeler, et figure-toi qu'il a fait une découverte ce matin en allant voir sa jument de très bonne heure.

— Ben, vas-y accouche! On va pas jouer aux devinettes! Un peu tôt pour moi.

— Il a débusqué un morceau de tissu au milieu du chemin. Visiblement, appartenant à un vêtement de camouflage.

— Merde! Comment on a pu passer à côté de ça?

— Je viens de te le dire : il était dans le chemin, les véhicules de secours devaient être garés dessus et il est passé inaperçu.

— Bon, ben on traîne pas ! Il peut rester sur place le temps qu'on arrive?

— T'inquiète pas! Il a bien compris l'urgence de la situation, d'autant plus qu'il s'est chargé lui-même du prélèvement. Ça, c'est le deuxième effet «kiss cool»!

— Oh, pétard! Quelle idée!

— Il m'a assuré qu'il avait tout ce qu'il fallait dans une trousse de secours. Il a jugé bon de le faire, il y a du vent là-haut et il ne voulait pas risquer de perdre le bout de tissu. Espérons qu'il a bien pris toutes les précautions. On se dépêche de monter à Chabanière et on fera la perquisition dans la foulée. On sait maintenant c'qu'on doit chercher.

— OK, j'avertis les gars, ils nous rejoindront avec Laurent Charvet, à son domicile, pour la perquise.

— Je vais chercher la voiture, je t'attends en bas ; on perd pas de temps.

Après avoir évité les embouteillages de l'heure de pointe matinale, Bellamy et Maurici arrivent à toute blinde sur les lieux du crime. Ils se garent bien en amont de l'entrée du pré, afin de laisser en évidence l'endroit de la découverte providentielle.

Alban se tient là, patient. Il pourrait être heureux de sa trouvaille et afficher un sourire béat de fierté. Mais non. Il arbore le même visage triste et fermé que ce jour sinistre où il a été exposé à cette horrible tragédie, avec son ami Aymeric. Il salue les deux gendarmes, un peu gêné d'avoir pris l'initiative de récupérer le précieux indice. Il tend un sac plastique blanc à Martin.

Alban a pris un soin quasi professionnel pour prélever l'échantillon. Dans sa voiture, il possède une trousse de secours. Un nécessaire qu'il juge indispensable et qu'il remet à jour dès qu'il s'en sert. Deux fois par jour, il rend visite à Moon. Les écorchures, les plaies sont monnaie courante pour un cheval au pré. En cas de petits pépins, Alban a toujours de quoi faire les premiers soins. Des compresses, une paire de ciseaux, des gants, du désinfectant, une pince en plastique, un rouleau d'adhésif, un aspi-venin, des bandages et même un sac à vomi et une couverture de survie. La parfaite panoplie des premiers secours. Il explique, comme pour se justifier, comment il a procédé pour protéger la pièce à conviction. Les gants en vinyle bleu enfilés, Alban a saisi la pièce de tissu avec la pince et l'a laissée glisser au fond d'un sac prévu pour le mal de transport. Martin et Jo sont épatés et rassurés.

Quand il ouvre le sachet, Martin aperçoit effectivement un fragment d'étoffe verte et noirâtre. Manifestement, il peut bien provenir d'un vêtement au motif «camouflage», et à première vue, il a une forme triangulaire de quelques centimètres carrés. Martin observe la pièce sans la sortir de son emballage pendant que Jo inspecte les alentours. Il ne lui faut pas longtemps pour repérer l'élément sur lequel le meurtrier s'est accroché. Alban a récemment rafistolé la barrière d'entrée. Une planche a cédé et il a tiré un fil barbelé à la place. En attendant de faire mieux. C'est précisément là que la veste s'est déchirée. Quand Jo se penche pour regarder de plus près, des fibres vertes lui apparaissent soudain. Juste au milieu d'une touffe de crins noirs. Ni une ni deux, Alban ressort sa pince et ses gants et les donne à Jo. Il n'a plus de «sac à gerbe» en stock. Qu'à cela ne tienne, Alban a de la suite dans les idées. Il ouvre délicatement un paquet de compresses à usage unique et en ôte les gazes pour les remplacer par le délicat échantillon. Jo le regarde, stupéfait par sa réactivité spontanée.

Tous trois scrutent rigoureusement le chemin en amont et en aval. Les recherches demeurent malheureusement vaines. Le sentier reste désormais muet. Il n'a plus rien à dévoiler.

L'heure tourne. Les gendarmes de la SR viennent d'avertir Martin qu'ils sont sur le point d'arriver au domicile des Charvet. Bellamy et Maurici remercient et saluent Alban Caron et le laissent auprès de sa jument. Moon n'a pas perdu une miette des opérations menées aux abords de sa pâture.

Martin et Jo se retrouvent très vite devant la porte d'entrée de la maison de la famille Charvet. Il est neuf heures. Martin cherche la sonnette. Il n'y en a pas. Jo frappe alors à la porte. Pas de réponse. Il toque une nouvelle fois. Un peu plus fort. Les deux agents se regardent. Ils entendent des pas dans l'escalier. La porte s'ouvre. Céline apparaît sur le seuil. Elle est en pyjama et peignoir. Les cheveux ébouriffés, le teint pâle et des cernes qui lui mangent le visage lui donnent l'air d'un zombie. Rien de bien étonnant. Elle fait peine à voir. Martin lui tend la main.

— Bonjour, madame Charvet. Nous sommes désolés de vous sortir du lit. Nous attendons nos collègues qui accompagnent votre mari et nous allons procéder à la perquisition de votre domicile.

Céline le regarde sans le voir, l'air absent.

— Madame Charvet, vous comprenez ce que je vous dis ?

Céline émerge enfin.

— Une perqu… mais pour quoi faire ? Vous cherchez quoi ?

— Nous avons un nouvel indice. Nous attendons votre mari pour commencer.

Un bruit de moteur se fait entendre à l'extérieur. Une voiture de gendarmerie se gare. Trois agents en descendent. L'un d'entre eux ouvre la portière arrière et fait sortir Laurent Charvet du véhicule.

Il a la mine aussi déconfite que celle de sa femme. Il a confié ne pas avoir dormi durant la nuit. Il n'a rien voulu prendre au petit déjeuner. Il le regrette. Un café serait le bienvenu.

Céline voit monter son mari, par l'escalier extérieur. Celui qu'empruntait Léo. Quand il parvient à son niveau, elle lui lance un regard froid et plein de haine. Elle ne lui adresse pas un mot. Son silence en dit long. Lui ne bronche pas d'un poil. Il sait que le mutisme est préférable. Une seule parole de sa part ferait sortir Céline de ses gonds, sans aucun doute. Il fait profil bas. Il encaisse, se soumet.

Jo brise cette ambiance pesante :

— Monsieur Charvet, possédez-vous un vêtement de chasse, de pêche ou autre au motif «camouflage»?

— Quoi? Heu, non je n'ai pas ce genre de truc.

— OK. C'est parti les gars. On recherche une veste de camouflage avec un accroc et un sac plastique auquel il manque un morceau. Monsieur Charvet, avez-vous les réservations des vacances que vous avez évoquées ?

— Non! Je ne les ai pas imprimées! C'est tout dans l'ordinateur!

— Très bien. Vous m'embarquez l'ordi, ordonne Jo à ses collègues en désignant le coin informatique.

Le PC est débranché dans les secondes qui suivent. La perquisition se déroule normalement. Les époux

Charvet assistent, impuissants, au déballage de leur intimité… et de celle de Léo. Toutes les pièces sont fouillées. Une veste et un sac plastique sont faciles à dissimuler. Les armoires, les placards, les tiroirs, les commodes, rien n'échappe aux mains expertes des quatre agents. Un gendarme reste aux côtés de Laurent. Le lave-vaisselle, la machine à laver, les penderies, le canapé et les fauteuils subissent aussi l'assaut. Dans la cuisine, «un sac à sacs» est suspendu à un crochet. Il est vidé de son contenu. Chaque sac plastique est déplié et scruté. Aucun n'est pourvu de trou. Les matelas sont soulevés. Rien sous les lits non plus. Le coffre à jouets de Léo n'est pas oublié, ce qui ne manque pas de faire réagir Céline qui fond en larmes. Reste le sous-sol à explorer de fond en comble. Que dalle! La perquisition prendra fin à l'extérieur. La cabane de jardin, la cabane de Léo, la poubelle et la boîte aux lettres. Des clous!

La perquisition est un échec. La veste et le sac sont tout bonnement introuvables.

De retour dans les locaux de la Section de Recherche, c'est au tour de l'ordinateur d'être examiné. Les réservations sont bien stockées dans les mails, en attente d'impression. Laurent n'a pas menti sur ce point-là. En ce qui concerne sa voiture, l'équipe scientifique n'a rien trouvé de probant pouvant l'incriminer. La compagnie d'assurances a confirmé son alibi. Il était en course dans le sud. Les clients l'ont formellement reconnu sur photo. Quant à la perquisition, il faut se rendre à l'évidence, c'est un bide total.

C'est en fin de matinée que le procureur en charge de l'affaire décide de lever la garde à vue de Laurent. Les preuves sont désespérément insuffisantes. Son taxi lui est restitué. Il entre dans l'habitacle, tremblant. Il serre son volant des deux mains, baisse la tête et ferme les yeux. Son cœur se remet à battre très fort. Il souffle, encore et encore. Il sent petit à petit ses mouvements cardiaques se réguler. Il relève la tête et fixe l'horizon. Il est libre. Mais pour combien de temps ?

17

Bellamy et Maurici ont le moral en berne. L'enquête piétine. Retour à la case départ. Mais tout n'est pas perdu. Ils espèrent bien obtenir des informations durant l'audition de la directrice. C'est bien connu, les enfants se confient ouvertement et sans langue de bois à leurs enseignants. Ils parlent de tout et n'importe quoi, sans crainte. La maîtresse est une confidente extraordinaire. Son témoignage peut être profitable. Mademoiselle Escoffier est en congé maladie pour quelques jours. C'est donc chez elle que les deux enquêteurs décident de la rencontrer.

Ils sont plutôt optimistes et le trajet est passablement détendu. Ils papotent de choses et d'autres. Martin ne se rend pas compte que son pied s'enfonce lourdement sur l'accélérateur. La route de campagne est sinueuse. Martin roule à trop vive allure pour négocier les virages en toute sécurité. Un temps d'inattention et une vitesse excessive à la sortie d'une courbe. Le choc est terrible. Un coup de frein retentit, laissant de la gomme sur le bitume. La voiture pile devant l'obstacle. Choqué, Martin réagit aussitôt :

— Merde ! C'était quoi ça ?

— J'ai pas eu l'temps de voir. Viens !

Martin et Jo sortent à la hâte de la voiture de fonction et vont constater les dégâts.

— Bon sang, mais il sort d'où, lui?

— Martin, calme-toi, il est vivant. Regarde, il respire. Il a eu beaucoup de chance.

— Peut-être, mais on en fait quoi, maintenant?

— Je cherche une clinique dans le secteur et on l'emmène.

— D'accord! Je vais le charger dans la voiture.

— Attends!! Trouve quelque chose pour lui fermer la gueule. Si tu lui fais mal, je voudrais éviter qu'il te bouffe une main.

Le chien est inconscient. Martin déniche un chiffon au fond du coffre et s'empresse de museler la gueule de l'animal. Ce dernier reprend connaissance et se met à couiner, et à pédaler en tous sens. Il fait son poids, l'animal. Il doit bien peser dans les vingt kilos. Martin arrive, tant bien que mal, à hisser le chien à l'arrière de la voiture. Exténuée, la pauvre bête ne demande pas son reste et s'affale sur le siège, résignée. La porte se referme sur un regard implorant.

— C'est bon, Martin! J'ai trouvé une clinique vétérinaire! On est juste à côté.

Effectivement, cinq cents mètres plus loin, ils distinguent un bel établissement moderne, surmonté d'une imposante enseigne lumineuse bleue. Il n'y a pas d'équivoque, il est bien destiné aux soins des animaux. Martin s'approche le plus près possible de la porte. Il entre avec perte et fracas et s'adresse aux personnes présentes :

— S'il vous plaît, j'ai besoin d'aide pour sortir un chien de ma voiture.

L'assistante-vétérinaire, voyant que le véhicule appartient à la gendarmerie, le questionne avec étonnement :

— Que s'est-il passé ?

— Je viens de le renverser à la sortie d'un virage, un peu plus bas. Je ne l'ai pas vu. Il a traversé la route en courant.

— OK. Vous n'êtes pas le propriétaire, alors ?

— Non, pas le moins du monde. Vous pouvez le prendre en charge ? On ne peut pas rester, mais on repassera prendre des nouvelles dès qu'on en aura terminé avec notre intervention.

— Oui, bien sûr. D'ici là, on aura certainement trouvé son maître. Ne vous en faites pas, ça va aller.

— Merci, à tout à l'heure.

Jo a déjà fait demi-tour et attend Martin, derrière le volant. L'adjudant-chef s'installe en soufflant un grand «ouf» de soulagement. L'adjudant le regarde, amusé et taquin.

— Ça va mieux, mon grand ? T'as fait ta B.A. de la journée !

— On repasse après la visite chez Miss Escoffier, pour prendre des «news». Allez, on y va.

Maurici s'exclame en levant les yeux au ciel :

— Tu s'rais pas la réincarnation de Saint François d'Assise, par hasard ?

— Jo, qu'est-ce qu'on pouvait faire d'autre ?

— Mais oui, mon grand ! Mais, quand on pense à toutes les horreurs auxquelles on fait face tous les jours, je suis toujours surpris par ton instinct… animal !

termine Jo en imitant laborieusement le miaulement d'un chaton.

Ils ricanent avant de reprendre la route, en espérant arriver sans encombre chez mademoiselle Escoffier.

La maison de la directrice est cossue. Le genre de maison contemporaine des années soixante-dix. Son toit en terrasse et ses façades grises rappellent vaguement les «Blockhaus» du Mur de l'Atlantique que l'on peut encore apercevoir sur les côtes françaises. Seules, les larges baies vitrées différencient cette étrange demeure d'une casemate. Un terrain en friche et visiblement laissé à l'abandon ceinture la villa. Les boiseries extérieures ont subi les assauts du temps et portent les cicatrices des intempéries. La plupart des stores sont baissés. Aussi gris et usés que le reste de la propriété. C'est à se demander si quelqu'un vit réellement ici.

Maurici appuie sur la sonnette. Une mélodie lugubre se fait entendre. Au grand étonnement des gendarmes, la porte ne tarde pas à s'ouvrir. Une femme les accueille avec un sourire radieux.

— Bonjour, messieurs! Vous êtes de la Section de Recherche, c'est ça? L'école m'a informée de votre éventuelle venue. Entrez, entrez, je vous en prie.

— Bonjour, madame, répond Martin. Oui effectivement, nous aimerions vous entendre au sujet de Léo, pour les besoins de l'enquête.

— Quelle tragédie! Jamais je n'aurais pensé vivre ce genre de drame dans ma carrière. C'était un enfant formidable, studieux et attentif. Je sais que son père est en garde à vue, c'est abominable ! Pourquoi aurait-il tué son enfant ?

— Sa garde à vue a été levée, ce matin. Il n'y a aucune preuve contre lui. Connaissez-vous bien la famille ?

Silence. Puis :

— Madame ?

— Ah, heu… Oui, sans aucun doute. Céline…, enfin la maman travaille en maternelle et tout le monde se connaît dans le milieu scolaire, vous savez. Le papa, un peu moins, je reconnais. Disons qu'il est… comment dire ? … un peu particulier.

— Particulier, vous dites ?

— Eh bien, il est légèrement lunatique, ce qui ne donne pas vraiment envie de lui porter plus d'intérêt que ça. Mais personne n'est parfait, n'est-ce pas ?

Martin continue à questionner l'enseignante, seul. Une méthode qui permet à Jo d'observer. La personne entendue et son environnement sont passés au crible. Sans que celle-ci ne se doute de rien.

— Léo avait-il l'habitude de vous faire des confidences ? Sur sa vie personnelle, ses passions par exemple ?

— Ça lui arrivait de temps en temps, mais rien d'extraordinaire. Il y avait des hauts, des bas, comme dans de nombreux foyers. Mais il parlait beaucoup plus de sa maman que de son père.

— Vous rappelez-vous si le foulard de Léo était accroché à son cartable, quand il est sorti de l'école ?

— Ah, le fameux foulard de Léo! Tout un programme! Oui, il l'avait bien avec lui et il ne pouvait pas en être autrement. Son cartable et ce bout de chiffon ne faisaient plus qu'un.

Martin s'adresse à Jo à propos de la photo du licol :

— Jo, tu peux me sortir la photo de la cordelette?

Jo fouille dans la poche de sa chemise en extirpe le cliché et le tend à son coéquipier.

— Tiens, la voilà.

Martin la présente à son tour à la directrice.

— Regardez bien cette cordelette, s'il vous plaît. Est-ce qu'elle vous dit quelque chose?

— Oui, nous avons les mêmes à l'école, pour les séances de gymnastique. Maintenant à dire si elle provient de l'école, je ne sais pas. Il faudrait que je fasse l'inventaire du matériel pour vous le confirmer. Mais, ça représente quoi exactement?

— Apparemment, Léo en aurait fait un licol pour un cheval. Vous a-t-il parlé de ce cheval?

— Heu... oui, une fois. Quelque chose était tombé de son sac, un jour. J'ai vu l'objet, qu'il rangeait en pensant que je n'y avais pas prêté attention. Je l'ai retenu avant la récréation. Je trouvais ça dangereux et je voulais une explication. Il m'a confié son secret et m'a fait promettre de ne pas en parler à ses parents. Je n'ai rien dit. Il se faisait plaisir en allant voir cette bestiole, il n'y avait rien de mal à ça. Si j'avais su...

— Malheureusement, personne ne pouvait savoir. Saviez-vous où se trouvait le cheval?

— Non, pas du tout. Je n'ai jamais jugé bon de le lui demander.

Martin pose la main sur le bras de l'enseignante pour la remercier de sa coopération et prendre congé. La directrice fait une moue de douleur et recule d'un pas.

— Désolé, je vous ai fait mal?

— Non, ce n'est rien. Je n'ai rien trouvé de mieux que de me vautrer lamentablement en me prenant les pieds dans les mauvaises herbes rampantes, autour de la maison. J'ai le bras tout noir et du mal à le bouger ; c'est pour ça que je ne suis pas à l'école, depuis quelques jours. C'est très handicapant quand on travaille auprès des enfants. Je reprends dans deux jours, ça ne sera plus très long. Mais après tout, c'est de ma faute, je n'arrive plus à entretenir cette fichue baraque. Un jour, elle va finir par me tomber sur le coin de… la figure. Je devrais me résigner à la vendre et acheter plus petit. Tiens, d'ailleurs, il faut que j'y pense sérieusement. Messieurs, je ne vous retiens pas plus longtemps, je sais que le temps vous est compté, vous êtes engagés dans une course contre la montre.

— Merci et nous attendons de vos nouvelles à propos de la cordelette.

— Oui, sans faute. Ah, et faites attention où vous mettez les pieds ! Au revoir, messieurs !

La porte se referme sans même leur laisser le temps de répondre. Expéditive. Bellamy et Maurici rejoignent la voiture sans prononcer un mot. Ce n'est qu'une fois à l'intérieur que les langues se délient.

— Jo, tu as eu assez de temps pour observer l'environnement de cette charmante directrice : qu'est-ce que tu en penses ?

— Élémentaire, mon cher Watson ! Plutôt troublant. Sa tenue vestimentaire m'a tout de suite interpellé. Nous sommes en juin, il fait une chaleur étouffante et étrangement elle porte des manches longues et un pantalon, et c'est sans parler des couleurs, noir et gris, c'est pas très joyeux tout ça, non ? Pourtant, elle paraît sympathique et joviale.

— Les goûts et les couleurs, tu sais… et puis, elle est peut-être frileuse, tout simplement.

— J'ai aussi remarqué de la maniaquerie. Chaque chose à sa place, et je n'ai pas distingué un gramme de poussière. Je pense qu'elle a une sœur, une nièce ou une amie avec qui elle doit être très proche.

— Qu'est-ce qui te fait penser ça ?

— Il y a quelques photos de cette personne, apparemment bien plus jeune qu'elle, mais je n'en ai pas repéré d'elle-même. Elle ne se trouve probablement pas photogénique. C'est étonnant comme l'intérieur est limite aseptisé, malgré son côté sombre et déprimant, alors que l'extérieur ne ressemble à rien.

— Tout l'monde ne peut pas avoir la main verte, mon Jojo. J'ai perçu la même chose en m'entretenant avec elle. Son apparence ne colle pas à sa personnalité. Au début de la conversation, elle avait un vocabulaire approprié puis, au fur et à mesure, elle s'est reprise in extremis pour ne pas faire fourcher sa langue, puis le débit s'est accéléré et ça ne ressemblait plus à un dialogue, mais à un monologue. Surprenant pour une enseignante.

— Mmm, sans doute, mais ils ont le droit à des moments de relâche comme tout le monde.

— Certes, mais les instits mettent toujours un point d'honneur au vocabulaire, malgré tout.

— T'as raison, son comportement aussi a changé au fil de l'audition. Je me demande quel genre d'institutrice elle est avec les enfants.

— Et bien, on ira chercher les réponses à nos questions, elle reprend dans deux jours. Parce que, sincèrement, je ne pense pas qu'elle nous donne des nouvelles de la cordelette.

Ils roulent tout en discutant, quand Martin se rend compte qu'ils ont déjà bien avancé. Ils sont au rond-point d'Uniferme, une boutique de groupement d'agriculteurs, à la sortie de Mornant.

Il s'écrie soudain :

— Jo ! Fais demi-tour ! Je devais repasser voir le chien !

— Martin, c'est bon ! Il va sûrement très bien, il doit être tiré d'affaire, à l'heure qu'il est !

— Vas-y, maintenant j'te dis !

— OK, Saint François, on y va ! Pfff, t'es lourd, hein !

Un tour de rond-point et deux kilomètres plus tard, Martin se présente à la clinique vétérinaire, impatient de prendre des nouvelles du chien qu'il a renversé. Jo l'accompagne, contraint et forcé. Le vétérinaire sort d'un bureau.

— Bonjour, je peux vous aider ?

— J'ai amené un chien tout à l'heure, je venais de le renverser et je veux savoir comment il va.

— Ah, oui, je vois! Vous voulez bien me suivre?

Martin est inquiet. Il le suit. Il s'imagine déjà le pire. Le docteur ouvre une porte qui laisse entrevoir un bureau et une table de soin en inox. Une grosse boule de poils blancs tachée de noir en sort comme un boulet de canon et pose ses deux pattes sur le torse de Martin, en sautant.

— Vous voyez, rien de grave! Elle était juste un peu sonnée! Rien de cassé.

— Elle?

— Oui, c'est une chienne. Elle a à peine un an, elle est toute jeune.

— C'est quoi, comme race? On dirait un dalmatien, mais…

— Je confirme, c'est un croisement de dalmatien avec un setter anglais, à mon avis. Elle n'est ni pucée ni tatouée, et elle ne fait pas partie de mon fichier. Je pense qu'elle va finir à la SPA si personne ne la réclame.

— La SPA? Quel dommage!

— Malheureusement, je ne peux pas accueillir toute la misère animale, monsieur. Mais, si vous avez l'espace, le temps et beaucoup d'attention à lui accorder, vous pouvez l'adopter. Je vais la garder deux jours en observation et si elle n'est pas identifiée, je peux vous appeler. Ça vous laisse un peu de temps pour vous décider, sachant que ce n'est pas une décision anodine, bien évidemment.

— Je… Je peux y réfléchir, oui! annonce Martin, des étoiles dans les yeux. Je suis sportif et je cours énormément. Elle devrait aimer ça! Et visiblement, elle m'a déjà adopté, non?

Martin se met à la hauteur de la petite chienne et lui caresse la tête. Elle le gratifie de grands coups de langue sur le visage.

— Oui, j'ai bien la même impression! C'est un coup de foudre ou je ne m'y connais pas, C'est peut-être les yeux, elle a la même particularité que vous! se réjouit le vétérinaire.

— Peut-être bien. Je ne vous retiens pas plus long-temps, docteur. Tenez-moi au courant.

Les deux hommes se saluent, puis Bellamy retrouve Maurici dans la salle d'attente, tout souriant.

— Ça va? Tu es rassuré? Il va bien, ton accident?

— Parfaitement bien… et c'est une fille!… Et… heu, il faut que je lui trouve un nom!

— Quoi? Un nom?… Martin, ne me dis pas que… Non, ne m'dis pas ça!

— OK, ben j'te l'dis pas! ricane Martin, ses yeux vai-rons pétillant de malice.

Maurici jette un regard obscur à Bellamy en montant dans la voiture. Le trajet du retour à Lyon promet d'être animé. Jo tente de dissuader Martin d'adopter un chien, en argumentant sur tous les inconvénients que cela im-plique. Martin, de son côté, se défend en ne tarissant pas d'éloges sur le fait d'en posséder un, et la complicité qu'ils pourront créer. Chacun campant sur ses positions et n'en démordant pas. Une discussion stérile.

La «*battle*» pro et anti chien prend fin soudainement. Jo ralentit et se contorsionne pour mieux voir ce qu'il a cru voir.

— Eh, Jo, t'as des punaises sur ton siège?

— Non, je viens de voir… Victor Dahan, l'écrivain.

— Oui, et alors, tu te souviens où tu as pu le rencontrer?

— Non, mais je compte bien le passer au TAJ[1], cet après-midi. C'est dans le cadre du boulot que j'ai dû avoir affaire à lui, j'en suis presque certain.

Maurici est physionomiste et obstiné. Il est bien déterminé à lever le voile sur cet écrivain. Il a le pressentiment que quelque chose ne tourne pas rond chez cet individu.

Son instinct ne lui a jamais fait faux bond.

---

1. Traitement d'antécédents judiciaires.

18

Qui ne connaît pas *Les aventures de Rosalie la tortue*, dans le milieu scolaire ? Des histoires sorties de l'imagination de Victor Dahan. Grâce aux péripéties du petit reptile, l'écrivain a acquis une certaine notoriété chez le jeune public. Un grand nombre des établissements scolaires du Rhône et des départements limitrophes font régulièrement appel à ses services. Victor Dahan passe des demi-journées auprès des enfants et de leurs enseignants. Il explique religieusement les différentes étapes de la conception d'un livre : l'écriture, l'illustration et la publication. Les gamins sont souvent épatés par les secrets que leur dévoile l'écrivain. Par la suite, et contre toute attente, ils adoptent un autre comportement avec les livres. Ils les respectent, en prennent soin. Une première bataille remportée pour apprendre aux petits élèves que les livres renferment des trésors insoupçonnés, que les histoires peuvent les faire voyager.

Victor est un quinquagénaire attirant et mystérieux à la fois. Les maîtresses ne restent pas indifférentes à son charme. Son arrivée est toujours appréciée de la gent féminine, au sein des écoles. Mais, tout n'a pas toujours été simple.

En 2001, Victor Dahan a hérité de la librairie familiale sur la commune de Brignais. Les enseignes franchisées et autres grandes surfaces culturelles de proximité ont eu raison de la survie de la petite boutique de quartier. Au bout d'un an, Victor a mis la clé sous la porte. S'en est suivi une longue descente aux enfers. Il a sombré inexorablement dans une grave dépression, noyant son désespoir dans l'alcool. Il a vécu reclus, au milieu de ses bouteilles, durant dix-huit mois. Elles étaient devenues ses meilleures amies et lui faisaient oublier tout le reste de sa misérable vie. De temps en temps, il errait quelques heures, histoire de ne pas perdre le fil du temps. Puis, un jour, le déclic. Avant de finir de dilapider l'argent de la vente de son affaire, il a réagi. À la limite de l'expulsion, parce qu'il oubliait d'honorer ses loyers. Il en avait les moyens, mais son état quotidien léthargique l'en empêchait. Victor Dahan a alors décidé d'investir dans une maison et de se lancer dans l'écriture.

Son budget n'était pas très substantiel, vu qu'il en avait bu une grande partie. En même temps qu'il suivait une thérapie pour sortir définitivement de ce fléau, il a étudié, fouiné, visité, exploré, passant un temps infini à rechercher un endroit à acquérir et où il serait parfaitement bien pour écrire. Durant les heures qu'il passait à fureter, il ne pensait pas à son addiction. C'était plutôt bon signe et il s'en réjouissait. Toutefois, il savait qu'il ne devait pas faire la fine bouche. Il ne pouvait plus s'offrir une grande propriété dans laquelle il pourrait puiser son inspiration. Victor écuma toutes les agences immobilières à moins de dix kilomètres aux alentours et leur fit part de ses critères de sélection de recherche, assez minces pour le coup. Les semaines passèrent sans qu'une occasion ne se présente. Victor commençait à désespérer. Le moral n'était pas au beau fixe. Il sentait qu'il était sur le point de craquer.

Un jour, il a décidé de sortir acheter une bouteille de whisky à la supérette du quartier. Il a ouvert sa porte ; il était sur le palier, prêt à quitter son appartement. Le téléphone a sonné. Il a hésité un moment. Il a refermé la porte et a répondu. Il se souviendra tout le reste de sa nouvelle vie que ce coup de fil l'a sauvé de l'enfer.

Une agence avait mené à bien ses investigations. La perle rare venait d'être trouvée, à Mornant. Victor tout excité a demandé à la visiter le jour même. À peine l'agent immobilier avait-il donné son accord, que Victor était déjà sur la route.

En arrivant devant la villa, le marchand de biens a déballé son argumentaire. Victor ne l'entendait plus, restait stupéfait et un tant soit peu gêné. L'agent s'est rendu compte qu'il bavardait tout seul. Victor avait l'air soucieux. Puis, il a expliqué au marchand que cette maison était très belle, mais qu'il ne pouvait pas l'acheter. Il n'avait pas le budget. C'était sans compter que son interlocuteur possédait l'arme absolue pour réduire en miettes les idées préconçues de son acheteur potentiel. La maison était en vente depuis plus d'un an et les propriétaires étaient prêts à faire un gros effort pour qu'elle parte. Il a rassuré Victor : il n'y avait aucune malfaçon, mais ils voulaient juste s'en débarrasser au plus vite et refaire leur vie ailleurs. Un véritable coup de fusil. À l'annonce du prix, Victor n'en crut pas ses oreilles. Il était même encore possible de négocier.

Fin 2004, Victor prit possession des lieux après avoir signé la transaction avec les vendeurs. Un jeune couple charmant, mais manifestement dans une tourmente passagère.

Inspiré, le libraire prit sa plume. *Rosalie la tortue* vit le jour, pour la première fois, quelques mois plus tard.

***

Jo mange sur le pouce. Un sandwich et une eau plate font l'affaire pour le caler un moment. Son obsession pour Victor Dahan le taraude et il n'aime pas demeurer dans le doute. Sitôt le casse-croûte avalé, il consulte le fichier des Traitements des antécédents judiciaires. Victor Dahan est inconnu au fichier.

Jo peste de colère :

— Bon sang, c'est pas vrai ! J'étais pourtant sûr de mon coup !

— Qu'est-ce qui se passe, mon Jojo, la bécane te fait la misère ?

— Y a rien sur ce gars dans le TAJ ! Je comprends pas.

— Il est écrivain, c'est peut-être un pseudo.

— Bien joué, Martin !

Jo ne perd pas de temps et surfe sur le net en quête de l'identité de Victor Dahan. Il découvre que l'écrivain a écrit une collection d'une vingtaine de livres. Rosalie, la tortue espiègle aborde tous les sujets de la vie. La naissance, l'école, la séparation, les vacances, la mort, Noël et tant d'autres encore. Un ancien libraire devenu auteur… blablabla. Il habite Mornant, intéressant. Mais rien n'indique s'il utilise un pseudo, en revanche sa maison d'édition est citée dans l'article. Un coup de téléphone et une réquisition à la maison d'édition plus tard, confirme que Victor Dahan est un pseudonyme. Jo s'empresse de passer au TAJ la véritable identité de l'écrivain. Le fichier «matche».

— Yes ! Enfin ! J'ai encore une sacrée mémoire !

— Alors, qu'est-ce que ça dit ? Un tueur en série en cavale ?

— T'es un comique, toi ! Je l'avais contrôlé en 2003, aux Sept Chemins, pour conduite en état d'ivresse. J'étais encore à la brigade motorisée de Dardilly, à cette époque. Ça fait un bail ! Mmm, il avait un gramme six dans le sang. Il a écopé de quatre mois de suspension de permis, six points en moins, une amende de trois cents euros et… une nuit de dégrisement !

— «Rosalie la tortue veut boire et conduire»! Il a pensé à l'écrire celle-là ?

Un duo de fous rires résonne dans tout l'étage de la Section de Recherche. La sonnerie du téléphone les calme aussitôt.

— Bellamy ! D'accord ! Ils sont certains de la description qu'ils en ont faite ?… Ils ont entendu sa voix ?… D'accord, je vois ça avec le proc. Il décidera sûrement de faire une conférence de presse. Il faut que les vandales prennent conscience des faits, et qu'ils assument leurs actes. Très bien, on se tient au courant, mes respects, mon commandant.

— Du nouveau ?

— Oui! C'était le commandant de la BR de Givors. Les gitans qui ont été agressés à Chabanière ont parlé. Ils ont décrit un individu, un mètre soixante-dix, peut-être un peu moins, costaud portant une veste de camouflage à capuche et un foulard sur le visage. Il était bleu ou violet avec un contour plus foncé et des petits motifs. C'est lui qui a été le plus virulent. Il frappait avec un gros bâton, genre manche de pioche, sans dire un mot, ils n'ont pas entendu le son de sa voix.

— Merde! Il a tué Léo l'après-midi et le soir il va casser du gitan au milieu d'un groupe, sans scrupules. Il faut mettre la main sur ce taré, Martin, qui sait de quoi il est encore capable.

— On n'a rien Jo. On a fait le tour des propriétaires de Peugeot 2008 noirs, ils sont pas si nombreux et ils ont tous des alibis en béton. On est dans une impasse.

19

Depuis la levée de sa garde à vue, Laurent a réintégré le domicile conjugal. Céline tolère sa présence juste pour ne pas avoir à lui imposer l'hôtel. Pour l'un comme pour l'autre, c'est le genre de frais qu'ils ne peuvent pas se permettre. Ils se sont mis d'accord pour offrir à Léo des obsèques dignes de leur petit garçon. Ils ont voulu tout ce qu'il y a de mieux. Du cercueil à la pierre tombale, rien n'a été laissé au hasard. Sa sépulture est une véritable œuvre d'art, créée avec beaucoup de goût et d'amour. C'est tout naturellement qu'ils ont souhaité immortaliser Moon, sur le marbre, à côté de la photo de l'enfant. Rien n'est trop beau pour Léo.

Laurent a espéré secrètement que les préparatifs de l'enterrement ressouderaient le couple. Mais Céline est restée désespérément froide et distante. Il ne peut même pas lui en vouloir. Elle a perdu son fils unique, son bébé. Les soupçons se sont portés sur lui, peut-être a-t-elle encore des doutes persistants ?

Les funérailles se sont déroulées en toute intimité en l'église de Chabanière. Les Charvet n'ont pas de famille dans la région. Ils sont tous les deux originaires de La Rochelle. Leurs familles respectives ont vu d'un sale œil leur relation naissante. Ne supportant plus les tensions et autres réflexions de la part de leurs proches, ils ont décidé de tout plaquer et de s'installer dans la région lyonnaise. Les parents de Céline étaient présents à la cérémonie. Ceux de Laurent n'ont pas jugé bon de le faire. Ils ne se sont jamais revus depuis le décès de son ex-femme. Ils n'ont jamais caché leurs soupçons à l'égard de leur propre fils, concernant la mort de leur belle fille.

Les enfants de l'école des «Tilleuls» étaient présents, ainsi que tous leurs enseignants. Les curieux, les badauds n'étaient pas les bienvenus. Chloé, la meilleure amie de Léo, a ému toute l'assemblée en lisant un poème. Elle l'a écrit elle-même, rien que pour son Léo.

Une cérémonie simple, pudique et rapide. Les Charvet ne sont pas pratiquants. Mais ils ont désiré franchir cette étape, car ils sont convaincus que leur enfant est désormais au royaume des anges.

***

Céline et Laurent vivent en colocataires. Ils se croisent, ne mangent pas toujours ensemble et ne dorment plus dans la même chambre. Leurs conversations se limitent aux plus strictes banalités. Quand ils ne se voient pas, ils se laissent des mots sur la table de la cuisine. Combien de temps peuvent-ils encore tenir dans ces conditions?

Ce matin-là, Laurent doit partir très tôt. Il écrit un message sur un bout de papier : «J'ai une longue course à faire aujourd'hui, je ne sais pas vraiment quand je vais rentrer. Je resterai peut-être sur place. Ne m'attends pas, bises». Après avoir pris une douche revigorante et un petit déjeuner léger, il attrape les clés de son taxi et sort de la maison silencieusement. Il inspecte soigneusement son outil de travail. Il aime que tout soit impeccable dans l'habitacle, comme à l'extérieur du véhicule. Sa clientèle apprécie ses attentions. Le confort et l'hygiène rendent les voyages beaucoup plus agréables.

Un dernier coup de chiffon sur la carrosserie, il démarre. Il a rendez-vous dans un quartier qu'il ne connaît pas vraiment, finalement. Rares sont les habitants du village qui lui demandent une course. Il est encore tôt, aussi Laurent n'ose-t-il pas klaxonner et risquer de réveiller le voisinage. Il aperçoit une silhouette lui faisant des signes derrière la fenêtre.

Gru n'est autre que son client du jour, mais Laurent l'ignore encore. Gru prend le temps de fermer sa maison correctement, empoigne sa valise à roulettes et marche en direction du taxi.

— Bonjour, monsieur Charvet! Merci d'avoir accepté cette course, vous m'enlevez une épine du pied! Ma voiture est tombée en panne hier soir et, évidemment, je n'avais pas le temps de l'emmener au garage. Il faut que je sois impérativement là-bas, aujourd'hui.

— Bonjour! Ne vous inquiétez pas, vous y serez! Vous n'avez pas à me remercier, c'est mon travail, vous savez? Ravi de vous dépanner! dit-il en lui tendant la main.

Laurent prend le bagage et le range avec soin dans le coffre. Puis, il ouvre la portière de derrière et invite son passager à prendre place.

— N'oubliez pas de boucler la ceinture, s'il vous plaît!

— Non, non, aucune crainte ! Je respecte le Code de la route à la lettre ! La moindre erreur ou négligence et hop ! On vous coffre sur-le-champ !

Gru regarde Laurent et se rend compte de sa maladresse, mais trop tard.

— Oh, excusez-moi ! Je… enfin, ce n'est pas ce que je voulais dire et…

— Pas de souci, ne vous en faites pas ! Je sais que les nouvelles vont plus vite qu'on ne le voudrait. Allez, on est partis ?

— Heu… oui, allons-y !

Le silence s'incruste dans le taxi. Le péage de Vienne passé, Gru tente une discussion.

— Je peux oser vous demander comment vous allez ?

— Vous pouvez, mais je n'ai pas envie d'en parler. J'irai beaucoup mieux quand on aura retrouvé ce fils de… Oh, excusez-moi je m'emporte et je ne devrais pas.

— Y a pas de mal, je peux comprendre.

— Malheureusement, non je n'crois pas. Sans vous offenser, bien sûr. La route va être longue, vous désirez un peu de musique ?

— Faites comme vous voulez. La musique ne me dérange pas, bien au contraire. Ne dit-on d'ailleurs pas qu'elle adoucit les mœurs ? Mettez ce que vous aimez, et je pourrai me faire une idée de vos goûts musicaux, et si on en a en commun !

Laurent s'exécute et commence par insérer un album de Coldplay, dans le lecteur CD. Les kilomètres se déroulent au rythme des divers styles de musique qui animent le trajet. Le long de la route, Muse, Julien Doré et U2 comblent à tour de rôle un grand blanc de deux heures.

D'habitude, Laurent est plus communicatif avec les usagers, mais ce jour-là, il n'en ressent pas le besoin. Il veut juste rouler. Il a toujours aimé ça. Il est détendu. Il est bien.

Grâce à une circulation fluide, le taxi arrive en temps et en heure à destination. Laurent se gare devant un portail en fer forgé. Il regarde autour de lui. Il n'y a rien. Pas une autre maison en vue, juste des prairies verdoyantes.

— Surprenant, non? fait Gru en s'approchant du siège conducteur.

Laurent sursaute :

— Heu… Pardon, j'admire le coin. Oui, plutôt surprenant. Vous n'avez pas peur ici? C'est quand même… Heu, désertique.

— Le calme! C'est ce que je recherche en venant ici.

— Ah, ben là, pour le coup, vous ne pouvez pas faire mieux!

— Attendez, je vais ouvrir le portail et vous pourrez entrer dans la cour.

Gru descend de la voiture et ouvre le cadenas fermant une grosse chaîne rouillée. L'énorme grille en fer forgé grince en se déployant, d'abord un vantail, puis l'autre. Laurent avance le taxi dans la vaste cour. Puis, il sort à son tour, referme doucement la portière derrière lui, en ne quittant pas des yeux la bâtisse imposante. Une magnifique maison en pierre, d'un autre âge.

Restaurée juste ce qu'il faut pour qu'elle tienne debout. Elle baigne dans son jus. Elle possède un aspect mystérieux. Une inquiétante atmosphère s'en dégage. Gru observe discrètement Laurent et le fait sursauter une nouvelle fois.

— Ne vous inquiétez pas, elle n'est pas hantée !

— Non, c'est juste que je suis impressionné. C'est une maison de famille ?

— Oui, tout à fait. Une vieille bicoque qui me coûte les yeux de la tête, mais je n'arrive pas à me résigner. J'adore y venir, mais je reconnais que ça devient de plus en plus rare. Il y a toujours des emmerdes qui font que je dois me déplacer dans l'urgence. C'est pour ça que j'ai fait appel à vos services, aujourd'hui.

— Ah oui et quel est le problème ? Je peux peut-être jeter un coup d'œil avant que vous ne joigniez un artisan, dans les prochains jours !

— C'est sympa de votre part, mais je ne veux pas abuser de votre patience. Mais, ne restons pas là, entrons à l'intérieur, je vais préparer du café.

— Merci, ce n'est pas de refus !

Laurent décharge la valise et la fait rouler en suivant Gru. La montée d'escaliers en pierre est raide et étroite. La porte d'entrée est située en haut des marches, donnant sur un large balcon de pierre, lui aussi. Quand il se retourne, la vue est imprenable sur la vallée. Un tableau de maître en 3D s'offre à lui.

— Allez-y, entrez, n'hésitez pas. Je vous préviens, c'est modeste, ne vous formalisez pas.

Laurent lui répond avec un sourire et pénètre à l'intérieur. Il a l'impression que le temps s'est arrêté un jour dans cette maison. Tout est figé. Un bon coup de peinture la rendrait lumineuse et accueillante. Mais, sans doute qu'elle inspire davantage le repos et l'apaisement comme cela. Les goûts et les couleurs après tout…

Gru affairé à faire couler le café à l'ancienne se retourne :

— Asseyez-vous, ça ne devrait plus être très long. J'ai pas de cafetière électrique, dans ce gourbi. Ça ferait sauter les plombs. C'est un problème électrique justement, cette fois. Alors, je fais gaffe à tout ce que je branche.

— Il se trouve à quel endroit, le tableau électrique ?

— Tableau électrique ? C'est un bien grand mot ! Il est d'époque lui aussi ! Une vraie relique ! J'devrais le fourguer au musée des «Frères Lumière». Mais bref, il est à la cave, juste en dessous. Y a une entrée directe là, vous voyez ? Et une issue par l'extérieur, sous le balcon.

Laurent se penche et remarque une trappe sous la table.

— Ça y est, le café est prêt, je vais le chercher.

Gru tourne le dos à Laurent pour remplir les deux tasses, et vient ensuite les déposer sur la toile cirée. Plutôt patinée, d'ailleurs, la toile !

— Voilà, buvez pendant qu'il est encore chaud !

— Merci ! Oh, oui en effet, il est très chaud !

— Je suis désolé de ne rien vous offrir d'autre, mais quand j'arrive, les placards sont vides. Si je laissais quoi que ce soit, la maison serait infestée de rats.

— Un café sera suffisant.

Laurent termine sa tasse le premier :

— Vous voulez que je descende voir le problème ?

— C'est vraiment gentil de votre part, mais je ne voudrais pas…

— C'est moi qui vous le propose !

— Bon d'accord ! Encore une petite goutte et on va voir !

Le café a refroidi rapidement, Laurent le boit d'un trait. Gru se munit de deux lampes torches, pour descendre à la cave. Ils s'entraident pour déménager la table de place, afin d'ouvrir la trappe. L'ouverture béante ne laisse entrevoir qu'un profond trou noir. Les escaliers ne se distinguent pas. Un étonnant courant électrique parcourt soudainement la colonne vertébrale de Laurent. Une sensation d'effroi. Laurent ne peut s'empêcher d'émettre un bâillement à lui décrocher la mâchoire.

— Pardon ! La fatigue de la route certainement.

— Oui, certainement. Je vais chercher des vestes, il fait froid comme la mort là-dedans. Le tableau est au fond, à droite.

Laurent tente de s'avancer, mais il ne se sent pas bien. Il titube. Il a des sueurs froides. Il tombe sur les genoux.

Gru a entendu le bruit de la chute, en enfilant sa veste, et décide qu'il est temps de redescendre.

— Qu'est-ce qui se passe, monsieur Charvet ? Un souci ?

— Je… Je ne… me sens pas bien.

— Ah ! Ce n'est que ça ! C'est pas grave, c'est le café ! Je l'ai légèrement aromatisé ! Une petite sieste te f'ra pas d'mal, pauvre abruti !

Laurent ne comprend pas ce qu'il se passe. Il essaie de se relever en s'agrippant à la manche de Gru qui retire son bras aussitôt. Le doigt de Laurent reste accroché dans un trou de la manche. La manche déchirée de la veste de camouflage. Celle que les enquêteurs n'ont jamais retrouvée lors de la perquisition de son domicile, et pour cause ! Il reste paralysé et effaré. Son sang se glace. Il faiblit de seconde en seconde, mais il comprend :

— C'est vous qui… qui… Léo…

La somnolence gagne du terrain, Laurent s'affale.

— Gagné ! Tu as le droit de rejouer ! Mais quand tu en seras capable, parce que pour l'instant, tu ressembles plus à une merde ! Mais attends, je vais arranger ça !

Gru s'accapare de la pelle dressée contre le mur, la lève au-dessus de sa tête et assène un coup fulgurant sur le crâne de son prisonnier.

Après avoir vérifié le pouls de Laurent et constaté qu'il était vivant, Gru s'applique à lui attacher les mains, les chevilles et à le bâillonner à l'aide de colliers de serrage en plastique. Puis, il l'enchaîne au mur. Le sang s'écoule de la plaie profonde, provoquée par le choc de l'outil qui lui a fracassé le caisson.

— Avec ce que je t'ai mis, t'en as pour quelques heures ! Je sens qu'on va bien s'amuser tous les deux.

Gru contemple le nouveau tableau qu'il vient de créer. Pas tout à fait satisfait de son œuvre. Des détails, il manque quelques détails. Il le peaufinera plus tard. Puis il prend une série de clichés, avant de sortir de l'antre. Abandonnant Laurent dans les vapes, recroquevillé sur la terre battue de la cave. La trappe est refermée dans un bruit sourd et cadenassée. Gru regarde sereinement par la fenêtre : le taxi. Il faudra le faire disparaître. Pour l'instant, la grange fera l'affaire en attendant de trouver une meilleure idée.

Enfin, le temps est venu. Ce moment tant attendu depuis des années. Ce jour divin durant lequel justice sera rendue. Mais quel jour ? La vengeance n'a pas de temps, pas d'horloge, elle est patiente.

Le calvaire de Laurent ne fait que commencer. Il parlera. Il avouera. Gru a élaboré son plan machiavélique depuis de nombreux mois. Ce jour précis, où la preuve irréfutable de la culpabilité de sa proie lui est tombée du ciel. Les dés étaient lancés, la partie pouvait commencer.

Une Renault 4L blanche recouverte d'autocollants à peine visibles, tant la poussière les cache, est garée au fond de la grange. Juste à côté du taxi. Gru époussette grossièrement la carrosserie à l'aide d'un vieux balai de paille. Quand il s'installe à l'intérieur, il pousse une grande expiration, en espérant que la bagnole démarre. La 4L toussote une première fois, puis au second tour de clé, donne tout ce qu'elle a dans le bide. Gru se mire dans le rétroviseur, avec un sourire de contentement.

— Y a pas à dire, ces vieux tacots, ça crève jamais ! Allez, en route ma poule, faut aussi penser à se ravitailler !

La voiture avance jusqu'à la rue, en crachant une fumée noire, et prend ensuite la route d'Aubenas.

Gru s'est absenté presque deux heures. À son retour, il décharge et range les quelques courses qui lui permettront de tenir les prochains jours. Installé à la table de la cuisine, il sirote le café qu'il vient de se préparer. Une pochette de photos se trouve sur le côté de la tasse. Il lève délicatement le rabat, en sort les photographies qu'il a fait développer à la borne du centre commercial. Le reflet de son rictus malsain apparaît sur le papier glacé.

20

Les jours suivants, Laurent va connaître l'horreur. Mais avant cela, Gru doit se débarrasser du taxi. Il choisit un endroit reculé de la vallée de l'Ibie. Juste assez pour pouvoir revenir à pied. Après avoir chaussé ses rangers et pris son sac à dos, Gru s'assure que la voie est libre et se dirige vers le portail extérieur pour l'ouvrir, puis vers la grange. Il se met au volant. Il est sur le point de démarrer, quand il constate avec stupeur que le portable est resté dans l'habitacle.

— Merde, merde et remerde! Putain de portable, je l'avais complètement oublié! Il faut que je le détruise… et le mien aussi, avant qu'ils ne soient repérés! Merdeeee!

Gru frappe le volant de colère, ce qui ne manque pas de déclencher le klaxon.

— Non, mais c'est pas vrai! T'es un vrai boulet, faut te calmer, là! Tu vas finir par ameuter tout le village!

Au bout de quelques minutes, la crise passe. Gru remonte à l'intérieur de la maison pour y prendre son Smartphone et avale un grand verre d'eau, histoire de se remettre les idées en place. Il rejoint le taxi et prend enfin la route. La chance lui sourit. Rien ni personne dans les alentours. Soulagé, il se détend un peu et roule.

Gru connaît le coin comme sa poche. Il choisit un itinéraire emprunté uniquement par des riverains habitués à ces petites routes de campagne. Il est dix heures, la circulation est calme. Les enfants sont à l'école, leurs parents travaillent. Le risque de croiser quelqu'un est faible. De plus, le taxi aux vitres teintées n'est pas connu dans la région. Gru est plutôt confiant.

Le trajet n'excède pas les cinq kilomètres. Le chemin forestier se termine en cul-de-sac, surplombant une falaise. La vallée de l'Ibie juste en dessous. Gru s'approche du bord accidenté et évalue la hauteur du précipice. Son sourire en dit long sur la satisfaction qu'il éprouve. Il retourne dans le véhicule, prend soin d'en sortir les deux téléphones portables. Il les dépose sur le sol calcaire, puis les massacre à coup de pierre, avant de les replacer dans la voiture.

Le reste est un jeu d'enfant. Après avoir vidé un jerrican d'essence sur la carrosserie et sur les sièges avant, il le jette au fond du coffre. Le frein à main est desserré, il ne reste que quelques centimètres pour que le taxi soit précipité dans le vide. Gru recule de deux ou trois pas et craque une allumette. La lueur de la flamme brille dans ses yeux. Il envoie le bâtonnet incandescent par la vitre laissée ouverte. Dans le mille. Le feu prend instantanément à l'avant de la voiture. Désormais, le temps est compté. Gru passe derrière le taxi et pousse de toutes ses forces. C'est lourd, un cross-over, mais une bonne montée d'adrénaline lui apporte l'énergie nécessaire pour accomplir sa tâche. Dix centimètres, vingt puis trente et le bolide est projeté dans le ravin. Un tonneau, deux, puis trois et c'est l'explosion. La boule de feu dévale la pente et finit sa course contre deux arbres qui lui barraient la route. Une nouvelle explosion, puis plus rien. Le feu finira le travail de destruction en léchant la carcasse.

Gru contemple le spectacle en affichant toujours ce sourire pervers. Soudain, en jetant un coup d'œil à sa montre, il réagit. Il est temps de penser au retour. Le sac sur le dos, il prend le chemin de randonnée très escarpé qui le ramènera à la vieille maison, pour enfin passer aux choses sérieuses.

Deux heures plus tard, Gru arrive éreinté dans sa bicoque. Transpirant et assoiffé. L'unique bouteille d'eau qu'il avait emportée n'ayant pas suffi à étancher sa soif durant le parcours. Il attrape à la hâte un litre d'eau minérale et descend à la cave.

— Tiens, tiens ! Enfin réveillé ! On va pouvoir s'amuser un peu tous les deux ! Tu as peut-être soif, non ?

— Oui, merci ! Je… Je peux ?

Gru tend la bouteille en plastique à Laurent, mais la lui retire dès qu'il est sur le point de l'attraper en s'esclaffant :

— Mais tu rêves, connard ! À quoi bon ? De toute façon, tu vas crever ! De soif, de faim, de coups, je n'sais pas encore !

— Mais, qu'est-ce que vous me voulez ? Je ne comprends pas ! Qu'est-ce que je vous ai fait ? Expliquez-moi, bordel ! hurle Laurent.

— Ouh là ! Tu vas vite changer de ton et te calmer ! Tu n'as plus rien d'un dominant, pauvre loque ! Aujourd'hui, c'est moi qui domine, tu piges ça ?

— Je veux juste savoir…

— Ah, ben comme quoi, on est sur la même longueur d'onde! Moi aussi, je veux savoir!

— Mais savoir quoi? Mettez-moi au moins sur la voie, putain! Et Léo, pourquoi? Pourquoi lui?

— Arrête de jurer, tu veux bien? Tu veux que je te mette sur la voie? OK, allons-y! Deux secondes, je reviens!

— No… Att…

Gru a déjà tourné les talons. Laurent attend avec anxiété. Le temps lui paraît interminable. Le grincement des marches de l'escalier de la cave le fait sursauter. Il se recroqueville contre le mur de pierres. Le froid… ou la peur lui glace l'échine. Gru apparaît sur la dernière marche.

— Pauvre petite chose! Tu me fais penser à un chien effrayé! Ha ha, mais oui, c'est ça, tu es un chien! Regarde un peu ce que j'ai dans la main! Ça ne te rappelle rien?

Gru ouvre ses doigts et Laurent voit l'objet. Il blêmit.

— Je… Oui, je sais ce que c'est… Mais…

— C'est quoi? braille Gru.

Laurent ramène ses deux poignets attachés contre son visage, un geste instinctif de protection. Il essaie de répondre:

— Un cutter… Un cutter, c'est un cutter!

— Bravo! Tu as gagné! Tu as droit à un lot! Gauche ou droit?

— Qu… Quoi?

— Gauche ou droit? T'es sourd, espèce de dégénéré? Réponds-moi!

— Je sais pas... Gauche! Pourquoi?

— Encore gagné! Félicitations! T'es un véritable champion, dis-moi? Alors ça sera gauche et droit! C'est parti!

Gru fait cliqueter la lame, un cran après l'autre, pour la faire monter, tout en s'approchant dangereusement de son prisonnier. Laurent, les yeux écarquillés de terreur, essaie de fuir. Sa cheville, endolorie par la lourde chaîne, lui a fait oublier ce détail handicapant. Gru se rend compte que son monstre n'est pas assez affaibli, et qu'il a encore des réflexes qui peuvent lui être fatals.

— Attends, je vais te faire comprendre qui commande ici!

Il prend la pelle qui se trouve contre le mur opposé, se précipite sur Laurent et frappe, encore et encore. Il n'a pas eu le temps de protester. Deux coups sur la tête et un coup sur chaque tibia avec le tranchant de l'outil. Laurent pousse un hurlement rauque, tout droit sorti de l'enfer.

— C'est bon, tu es calmé? On peut continuer?

Sonné, Laurent est au bord de l'inconscience et n'a pas la force de réagir. Gru s'approche, le cutter en main.

— Alors, nous disions donc, gauche et droite! C'est bien ça? Ça va juste te faire mal!

Gru pointe la lame sur l'avant-bras gauche de sa victime et entaille la chair, du coude au poignet.

— Haaaaaaaaaaaaa!

Un cri d'épouvante sort de la cave, sans que personne ne puisse l'entendre.

— Ah, ben oui, je t'ai prévenu que ça allait faire mal ! J'ai ressenti exactement la même chose. Allez, arrête de faire l'enfant !

Gru pose maintenant son instrument de torture sur le second avant-bras et réitère son geste de folie, mais sans aucune réaction de Laurent cette fois. La douleur de la première lacération a été fulgurante. Il s'est évanoui.

— Voiiilà ! J'aime la symétrie, c'est parfait ! Mais il ne faut pas que ça s'infecte tout de suite, je veux te garder encore un peu pour jouer.

Gru se relève et se tourne du côté du casier à bouteilles. Il fait un rapide inventaire, tend le bras et en extirpe une.

— Impec ! Poire 2003, tiens, c'est notre année ! Avec ça, l'infection ne passera pas ! hahaha !

Après avoir ôté le bouchon de liège, Gru verse l'alcool sur les plaies sanguinolentes. La tête, les bras et les tibias sont «désinfectés». Le liquide, au contact des plaies, provoque des soubresauts du corps de Laurent.

Gru admire son œuvre un instant, penche la tête et réfléchit à haute voix en posant sa main sur son menton.

— Mmmh ! Quelque chose me contrarie… ! Oui, je sais ! Ce sont les vêtements ! Ça gâche le tableau !

Aussitôt dit, aussitôt fait. Gru profite de l'inconscience de Laurent pour le mettre nu, puis le rattache solidement. Cette action lui prend un certain temps. À la vue de son pénis, Gru a soudain un mouvement de recul accompagné de tremblements. Un sentiment d'horreur s'empare de lui. Il termine en nage, complètement exténué. La panique lui fait oublier de prendre des photos. Il tient à immortaliser son œuvre à chaque étape de sa progression.

Demain sera un autre jour…

— Oh, putain, quelle journée! Une bonne douche s'impose! Un petit repas et au lit, je n'en peux plus! Il faut que je me reprenne, si je veux aller au bout des choses.

Propre et rassasié, Gru monte se coucher. La chaleur est étouffante et moite. Il s'empresse d'ouvrir la fenêtre et de défaire son peignoir, puis s'allonge complètement nu sur le lit. La lueur de la lune glisse sur son corps et dévoile de longues cicatrices. Sur sa poitrine et ses avant-bras, des stigmates luisent dans la clarté de cette nuit de juin. Il tourne la tête vers la fenêtre ouverte et observe les étoiles. Elles sont nombreuses, la nuit est belle et promet un lendemain ensoleillé. Perdu dans ses pensées qui se chevauchent, Gru a du mal à trouver le sommeil. Pourtant, la fatigue a raison de ses songes confus. Ses paupières sont trop lourdes, Gru ne lutte pas, ferme les yeux et se «love» aussitôt aux creux des bras de Morphée.

Pendant ce temps, Laurent agonise au fond de la cave. Le froid et l'humidité de son cachot le réveillent. Il constate avec effroi qu'il est nu comme un ver et que ses vêtements ne sont pas à portée de main pour les atteindre. Comme pour narguer, Gru a déposé le ballot de linges à bonne distance, juste assez éloigné pour que Laurent ne puisse pas les attraper et se recouvrir avec.

La douleur est insupportable. Laurent essaie tant bien que mal de porter un regard sur ses blessures. Le moindre mouvement le rappelle à l'ordre immédiatement. Les tibias sont brisés net. Il n'a aucun doute là-dessus. Il ne parvient pas à évaluer son état. Il fait trop sombre dans la cave et les plaies sont recouvertes de sang séché et de terre battue agglutinés. Une épaisse croûte noirâtre s'est formée sur chacune de ses meurtrissures.

Ses forces le lâchent, le froid l'endort. Il a des tonnes de questions qui lui tambourinent le cerveau, mais une seule revient sans cesse : « Vais-je encore voir le jour se lever ? »

21

À quelques centaines de kilomètres de là, Martin et Jo s'apprêtent à rendre visite à mademoiselle Escoffier à l'école des Tilleuls. L'enquête du meurtre de Léo piétine lamentablement. La directrice ne les a pas recontactés à propos de la cordelette. C'est donc bien décidés et déterminés qu'ils souhaitent tirer cette affaire au clair. Le moindre indice est primordial dans cette affaire.

Martin n'arrive pas seul au bureau. La veille, il est allé signer un formulaire chez le vétérinaire lui permettant l'adoption de son nouvel ami. Ou plus exactement, de sa nouvelle amie ! C'est dans un état de fébrilité qu'il traverse le couloir le plus vite possible, accompagné de sa petite chienne. Les ordres à son encontre ne tardent pas à tomber :

— OK, tu te poses ici et tu bouges pas ! Couchée !

La chienne le regarde en penchant la tête. Au grand étonnement de Martin, elle s'exécute dans la foulée.

— Bravo, ma louloute ! Formidable ! Un vrai chien de guerre ! Je vais peut-être voir pour t'intégrer dans la brigade cynophile !

Au même instant, Jo fait son apparition dans la pièce.

— Salut, mon grand ! Ça y est, tu commences à radoter et à causer tout seul ? Bah, on n'est pas dans la m…

Une truffe noire et une oreille se dégagent du coin du bureau. Jo se baisse et imite le chien. Celui-ci prend ça pour un jeu et tente de montrer sa gratitude en essayant de mettre des coups de langue sur le nez de Jo.

— Martin, t'as pas fait ça ? Punaise, mais t'as réfléchi deux secondes ?

— Bonjour, Jo ! Oui, je n'ai fait que ça ! Regarde, elle t'aime déjà ! plaisante Martin.

— Mais, c'est vraiment du grand n'importe quoi ! Et tu vas en faire quoi, là, tout de suite ? On doit partir !

— Elle vient avec nous ! Elle obéit très bien ! Hein, pas vrai ma Louloute ?

Martin s'accroupit et caresse l'animal qui semble tout excité.

— Ben, oui elle est contente, ma fille, et puis tu l'aimes, mon pote Jojo ! C'est un nouveau copain, lui aussi !

— Oh, non et en plus tu l'appelles Louloute ! Martin, tu dérailles, mon vieux !

— Mais non, elle s'appelle Perdy ! Louloute, c'est son petit nom, comme toi t'es mon Jojo !

Jo prend alors son plus bel accent « british » :

— Peeerdey ? Comme dans *Chapeau melon et bottes de cuir* ?

Martin éclate de rire et répond aussitôt :

— Non, Perdy ! Comme Perditta dans les *101 dalmatiens* ! Perdy, c'est le diminutif !

— Ben, faut te suivre toi ! Tu l'appelles par un diminutif et tu te sers d'un p'tit nom ?

— Laisse tomber, tu peux pas comprendre ! Allez, vient Perdy, on y va !

La chienne ne se fait pas prier. Elle se lève d'un bond et s'assoit au pied de Martin. Il attache une laisse au collier rouge flambant neuf et sentant le cuir, qu'elle porte fièrement. Jo porte une main à son front et lève les yeux au ciel.

— Mais, c'est pas vrai, qu'est-ce que j'ai fait pour mériter un énergumène pareil !

— Tu vas voir, elle est très pro ! Et un jour, elle nous sera peut-être bien utile, qui sait ?

Arrivés à destination, Martin et Jo se garent sur le parking en face de l'école. Puis, Martin donne un ordre à sa chienne :

— On revient, pas bouger ! Tu gardes la voiture !

— Mon pauvre Martin ! J'espère vraiment qu'elle obéit au doigt et à l'œil, sans quoi je crains le pire pour la bagnole !

Les deux gendarmes traversent la route et s'apprêtent à sonner à l'interphone, quand ils se retournent en sursautant. La chienne vient d'aboyer méchamment à l'intérieur de la voiture.

Un passant ayant aperçu l'animal sur les sièges arrière s'est aventuré un peu trop près. Sa curiosité n'a pas plu à Perdy qui s'est rapidement et bruyamment manifestée. Jo, interloqué regarde Martin et admet :

— OK, je rends les armes, elle fait du bon boulot, ta Peeerdey !

Martin lui répond par un clin d'œil tout en appuyant sur l'interphone. Une voix criarde répond :

— Oui, bonjour, c'est à quel sujet ?

Jo reconnaît aussitôt la voix.

— Oh, non, pas elle! Va encore falloir se fâcher!

Martin le regarde d'un air interrogateur, avant de répondre dans l'appareil :

— Bonjour! Adjudant-chef Bellamy et adjudant Maurici, merci de nous ouvrir!

Le portillon se déverrouille. Jo étonné ne peut s'empêcher une réflexion :

— Décidément, c'est une journée pleine de surprises!

Ils parcourent à la hâte les quelques mètres qui les séparent de l'entrée principale. La porte leur est grande ouverte, dès leur arrivée. L'enseignante à laquelle Jo a eu affaire précédemment les accueille.

— Bonjour, messieurs! Que puis-je pour vous?

Jo laisse Martin répondre. La dernière fois, il a laissé cette brave dame complètement terrorisée.

— Bonjour, madame! Nous souhaitons voir mademoiselle Escoffier, la directrice.

— Au mon Dieu, je suis désolée, mais elle est absente!

— Absente? Mais elle devait reprendre hier, non?

— Oui, c'est bien ça, mais nous n'avons aucune nouvelle. Elle n'a pas appelé ni laissé de mail.

— Vous avez essayé sur son portable, sur le fixe du domicile?

— Oui, vous pensez bien! Mais aucune réponse. On tombe sur les répondeurs, encore et toujours. On a laissé plusieurs messages.

— Personne ne s'est rendu chez elle?

— Non.

— Pouvez-vous laisser votre classe à vos collègues et venir avec nous jusqu'à son domicile? Nous avons besoin de deux témoins pour y pénétrer et perquisitionner, nous trouverons certainement une autre personne sur place. Jo, tu fais le nécessaire en attendant.

— C'est comme si c'était fait.

— Oui, heu… De mon côté aussi, je préviens les collègues et l'Inspecteur de l'Éducation nationale, de mon absence! panique la maîtresse.

Après quelques coups de fil et un branle-bas de combat dans l'école, l'institutrice est enfin disponible. Devant la voiture des agents, elle reste figée.

— Je vous en prie, montez! fait Jo.

— Heu… Ben, c'est que heu… j'ai peur des chiens.

— Ça ne craint rien, elle est très gentille.

— Oui, mais heu, je peux peut-être prendre mon propre véhicule?

— Pas de souci, vous connaissez l'adresse?

— Oui, bien sûr! dit-elle en ne lâchant pas le chien des yeux.

— Très bien, nous savons où c'est, mais passez devant. Ne soutenez jamais le regard d'un chien, c'est un signe d'agression pour lui.

L'enseignante sort de sa paralysie:

— Oh, oui pardon, excusez-moi! Mais j'ai vraiment la trouille des chiens. Je prends ma voiture et je vous précède, finit-elle en se dirigeant vers son emplacement.

Jo la regarde s'éloigner en souriant. Martin lui donne une tape dans le dos tout en s'adressant à lui:

— Tu m'as jamais rien dit de tes connaissances sur nos amis à quatre pattes. Petit cachottier! Allez, Go, il y a urgence.

Une équipe de gendarmes et de pompiers sont déjà sur place, avertis un peu auparavant par Jo. Martin toque à la porte.

— Mademoiselle Escoffier? Gendarmerie nationale, veuillez ouvrir, s'il vous plaît!

Après plusieurs tentatives sans succès, les pompiers procèdent à «la levée de doute». Ils brisent un carreau et s'introduisent à l'intérieur. Chaque pièce est visitée par les secouristes, sans l'ombre de la directrice. La maison est désespérément vide de toute vie humaine. C'est seulement, après avoir fini de faire le tour des lieux, que les pompiers ouvrent la porte d'entrée aux gendarmes et aux témoins. La seconde personne accompagnant l'institutrice n'est autre que le voisin le plus proche de la directrice. Sa curiosité l'ayant sorti de chez lui, en voyant les différents véhicules de gendarmerie et de secours arriver. Il a très vite été convié à rester en tant que témoin. Alors, commencent des fouilles plus précises, afin de trouver des indices, aussi minimes soient-ils. Martin se charge d'interroger l'institutrice :

— Vous a-t-elle paru soucieuse, ces derniers temps? Inquiète? Son petit accident l'a peut-être contrariée plus que prévu?

— Accident? Quel accident?

— Quand nous l'avons vue ici même, elle nous a confié qu'elle avait trébuché dans les racines des mauvaises herbes et qu'elle s'était blessée au bras.

— Vous savez, elle était effectivement arrêtée quelques jours, mais elle ne nous a jamais dit pour quel motif. Alors, c'est possible après tout.

— Quel genre de personne est-elle exactement? Dans son travail, sa vie privée?

— Sa vie privée? Là-dessus, je ne peux pas vous aider, elle n'en parle jamais, elle est très discrète sur le sujet. Quant au travail, c'est une bonne directrice, mais elle n'est pas toujours facile à suivre.

— C'est-à-dire?

— Pour le côté administratif de son métier, je n'ai rien à lui reprocher, mais côté enseignement…

— Oui, côté enseignement? Poursuivez, s'il vous plaît.

— Et bien, elle peut être tout à fait charmante et enjouée, voire euphorique, puis d'un seul coup, et on ne sait pas pourquoi, elle devient désagréable, irritable, à la limite de la dépression. C'est vraiment étonnant. Mais bon, vous savez ce que c'est dans le travail, on tolère et puis c'est tout. De plus, c'est la directrice, alors…

— Avec les enfants, comment se comporte-t-elle?

— Malheureusement, comme avec tout le monde. Quand elle est dans un bon jour, tout va bien, sinon…

— Sinon quoi?

— Dans ses mauvais jours, elle a tendance à prendre un enfant en grippe et ça dure toute la journée.

— Et cela se traduit comment ?

— Elle ne supporte rien de l'enfant en question et il est puni à longueur de journée. Certains d'entre eux ont passé la matinée entière dans le couloir, d'autres enfermés dans le patio de l'école. Ce n'est pas très pédagogique, je vous le concède !

— Qui sont ces enfants ?

— Oh, ça dépend des jours, c'est suivant son humeur, mais il est vrai que ce sont souvent les mêmes. Des enfants un peu plus turbulents que les autres ou avec un caractère plus affirmé, vous voyez ?

— Vous me donnerez les noms. Léo faisait partie de ces enfants ?

— Au grand Dieu, non ! Il était un de ses préférés, pauvre petit !

— Les parents sont-ils au courant de ses agissements ?

— Oui, bien sûr !

— Et personne n'a jamais eu l'idée d'en informer l'inspecteur ? La mairie ou même la gendarmerie ? Autant les enseignants que les parents d'ailleurs ? fait Martin en la regardant avec une sévérité inouïe.

— En fait, vous savez, les parents aussi la craignent. C'est toujours pareil, quand elle est dans un mauvais jour, elle peut s'en prendre à plusieurs familles, pour un retard, une absence, que sais-je encore ? Ils en ont peur, parce qu'ils craignent qu'un jour ça tombe sur leur enfant, alors ils préfèrent faire comme si de rien n'était. Par contre, les conversations fusent entre eux devant le portail ! Chacun y va de son expérience !

— C'est grave, ce que vous me confiez là, madame! Et vous, vous en avez peur aussi?

— Non, je ne dirai pas ça comme ça... Nous voulons simplement faire notre travail dans de bonnes conditions, c'est tout.

— De bonnes conditions, pour qui? Pour vous ou pour les enfants?

L'enseignante rougit et regarde ses chaussures, honteuse. La culpabilité l'envahit soudain et elle fond en larmes. Martin tente de la rassurer, mais pas trop.

— Je comprends que vous culpabilisiez, mais vous n'avez pas à porter ce poids seule. Vous êtes huit instits dans l'école et pas un n'a réagi. Je comprends aussi que vous souhaitiez travailler en toute sérénité, mais il faut aussi savoir dénoncer ce genre de situation inadmissible. Finalement, vous vous rendez compte que vous cautionnez un tel comportement! Je vous laisse y réfléchir un moment, je reviens!

En colère, Martin préfère partir à la rencontre de Jo, quand il se retourne et s'adresse de nouveau à la maîtresse en pleurs.

— J'allais oublier, vous reconnaissez cette cordelette? Tout en reniflant, elle répond à Martin.

— Oui, nous avons les mêmes à l'école, d'ailleurs mademoiselle Escoffier a demandé à ce que l'inventaire soit fait, et il en manque une.

— Alors, elle s'est bien chargée de faire vérifier le stock de cordes pendant son absence, pense Martin à haute voix.

— Ah, une dernière question, enfin pour le moment, est-ce qu'elle a un prénom cette mademoiselle Escoffier ?

— Oui, Marilyne, mais elle a toujours mis un point d'honneur à ce qu'on l'appelle mademoiselle Escoffier.

— Je vous remercie de votre aide, je vous laisse vous remettre. Je suis désolé, mais il y a des choses qu'on ne peut pas laisser passer. Il est question de responsabilité et de citoyenneté ! Et soyez certaine qu'il y aura des suites ! J'espère que j'ai été assez clair !

— Oui, très clair ! murmure la maîtresse.

Cette fois, Martin s'en va d'un bon pas rejoindre Jo.

— Alors ? Ça donne quoi ?

— Devine quoi ?... La voiture de la directrice est dans le garage ! Mais rien de suspect à l'intérieur et elle n'a pas l'air en panne, elle démarre sans problème, le réservoir est à moitié et aucun voyant ne s'allume.

— OK, bus, gare, aéroport, mets une équipe là-dessus ! La salle de bain a été fouillée ?

— Ils sont en train de le faire, t'as une idée précise ?

— Oui, la pharmacie. D'après le témoignage de sa collègue, elle a un comportement étrange. Souviens-toi quand on est venu, on a eu cette impression, nous aussi. Ça me fait penser à quelque chose…

— Et à quoi tu penses ?

— Bipolarité.

— Bien vu. T'as raison, elle avait une attitude plutôt déconcertante entre euphorie et dépression et un vocabulaire pas toujours adapté.

— C'est tout à fait ce que m'a décrit sa collègue. Essaie de voir là-haut, s'il existe une panoplie de médocs.

— OK, je vais voir ça !

Pendant que les pompiers inspectent également l'extérieur de la propriété, les témoins assistent éberlués, aux allées et venues incessantes des gendarmes. Martin, de son côté, s'attarde sur les photos que Jo a aperçues lors de leur précédente visite à la directrice. Il interpelle l'enseignante :

— S'il vous plaît, connaissez-vous cette personne ?

L'enseignante regarde attentivement les différentes photos.

— Non, désolée. Comme je vous l'ai dit, elle ne parle pas de sa vie privée. Je ne peux pas vous aider.

Martin prend un des cadres et décide d'en extraire le cliché. Il le regarde de plus près puis la retourne. Un nom et une année y sont inscrits au crayon à papier «Marie Lacombe, 2003». Il se retourne vers l'institutrice et lui demande :

— Marie Lacombe ? Ça vous dit quelque chose ?

— Non, rien, mais c'est un nom qu'il me semble avoir déjà entendu, mais je ne peux pas vous dire dans quelle circonstance. Je ne suis dans le coin que depuis peu.

— Peut-être que mademoiselle Escoffier l'a mentionné dans une conversation.

— Non, ça j'en mettrai ma main au feu ! Jamais elle ne parle de qui que ce soit de son entourage !

— Très bien, je vous remercie.

— Mais, il n'y a pas de quoi! Si je peux être utile à autre chose, n'hésitez pas heu… adjudant-chef! dit-elle d'un air embarrassé, comme si elle voulait se racheter de sa bassesse, démasquée par l'enquêteur.

Jo redescend de la salle de bain par les escaliers, en sautant les marches quatre à quatre.

— Bingo, Martin! Regarde ce qu'on a dégoté! Je crois qu'on a tapé dans le mille. Il y a même l'ordonnance et le nom du praticien!

Il tend plusieurs boîtes de médicaments à son coéquipier.

— Bonne pioche, Jo! Regarde cette photo, c'est une certaine Marie Lacombe, il faut creuser et savoir qui est cette personne.

— Hé, Martin! T'as bien regardé la photo? Regarde j'te dis!

Martin reprend la photo en main. Marie Lacombe est photographiée de loin. Il observe de nouveau et s'écrit :

— Mince! Mais c'est le…

Au même instant, un gendarme fait irruption dans la pièce et lance à son tour, en coupant la chique à Martin.

— Regardez ce qu'on a trouvé dans le placard du salon!

Le gendarme remet à Martin un petit livret blanc, une nouvelle photo glissée à l'intérieur. Il met les différentes prises de vues qu'il a récupérées dans la pièce, à côté de celle qui se trouve dans le carnet blanc.

— On a de quoi s'occuper, cet après-midi.

22

Hiver 2006, huit ans plus tôt

Trois années s'étaient écoulées depuis le drame qui avait frappé Marie et Éric Lacombe. Trois ans que Marie avait pris la décision de vivre recluse dans sa maison de Lavilledieu en Ardèche. Trois ans qu'Éric vivait dans leur nouvelle maison, située à Chabanière. Il espérait toujours que sa femme reviendrait à ses côtés, et qu'ils commenceraient une nouvelle vie en tournant cette page effroyable de leur histoire. Éric aimait Marie. Malgré la distance qui les séparait durant la semaine, il ne songea jamais à un éventuel divorce. Il se contentait de la retrouver durant le week-end et les vacances.

De son côté, Marie se remettait difficilement de son traumatisme. Ses plaies avaient cicatrisé, la chirurgie réparatrice avait magnifiquement fait son œuvre. Néanmoins, les blessures psychologiques restaient indélébiles. Peu à peu, son apparence changea. Marie connut de nombreuses difficultés à apprivoiser cette nouvelle personne qui prenait vie en elle, qui prenait forme sous ses yeux. Elle était impuissante face à cette métamorphose. C'est donc tout naturellement que sa personnalité changea aussi au fil des semaines, des mois, des années. Marie se renferma inexorablement sur elle-même, elle devint taciturne, mélancolique.

Éric, amoureux comme au premier jour, s'habitua aux changements physiques de son épouse. Son cœur persistait à voir Marie, au travers de ce corps finalement inconnu. Il s'évertuait sans relâche à regagner la confiance de l'amour de sa vie. Pas à pas, il tenta de se rapprocher d'elle, de la toucher, en vain. Il était conscient qu'il faudrait du temps, beaucoup de temps, mais il était d'un tempérament patient. C'était son devoir : aider et soutenir Marie, la sortir de cette terreur. Pour le meilleur et pour le pire, s'étaient-ils jurés, le jour de leurs noces. Le chemin s'avéra long et tortueux. Un pas en avant, deux pas en arrière, telle fut la progression. Enlacer sa femme, lui était toujours impossible. Un geste insupportable, pour Marie. Trois longues années d'abstinence. Ce couple autrefois heureux vivait aujourd'hui une histoire d'amour platonique. Cependant, Éric resta fidèle et loyal. L'idée d'une autre aventure ne lui effleura même pas l'esprit une seule seconde.

Pourtant, durant les vacances de Noël de 2006, Éric reprit espoir. Cette année-là, il arriva à la vieille maison, le 24 décembre à midi, la voiture chargée à bloc. Le couple n'avait plus fêté Noël depuis trois ans. Marie adorait pourtant ces moments magiques. Elle vouait une passion aux lumières et aux décorations. Éric pensa donc qu'il était temps de remédier à la situation. Il acheta un somptueux sapin naturel pour l'occasion, très parfumé. Il retrouva toutes les décorations, ainsi que les illuminations qu'ils avaient l'habitude d'installer dans le jardin de l'ancienne maison. Chaque fois qu'Éric allumait les guirlandes, la magie opérait. Le visage de Marie s'illuminait, elle brillait presque autant que les petites ampoules. Éric s'émerveillait de cet enthousiasme. Marie avait l'habitude de se réjouir d'un rien et Éric trouvait ça fabuleux et naïf. Il était certain que son choix allait provoquer un miracle. Le miracle de Noël!

À son arrivée, il prit garde de garer la voiture un peu à l'écart, de manière à ce que Marie ne voie pas son contenu. Il monta rejoindre sa femme à l'intérieur et l'embrassa tendrement sur la joue.

— Bonjour, mon amour! Content d'être arrivé! Tu as passé une bonne semaine?

— Rien de plus, rien de moins que la semaine dernière.

— Il fait bon, ici! Le poêle fonctionne bien!

— Oui, je l'ai bien chargé, ça devrait tenir la journée.

— Ça sent super bon! Qu'est-ce que c'est?

— Un bourguignon!

— Génial! J'adore! Merci, mon amour, tu es un ange! dit-il en essayant une approche, en la prenant par la taille.

Marie recula immédiatement et lui tourna le dos. Éric se rendit vite à l'évidence qu'il n'avait pas contrôlé son exaltation.

— Pardon! Excuse-moi, je ne voulais pas…

— Y a pas de mal, t'inquiète! Tu as faim?

— Oh, oui, je mangerais un bœuf entier!

— Il faudra te contenter de quelques morceaux.

— Ça ira! dit-il en riant. On se sert un petit apéro?

— Pourquoi pas?

Éric se dirigea vers le buffet de la cuisine et en sortit deux verres ballons, puis se tourna du côté du frigo et prit une bouteille de vin blanc. Il y en avait toujours au frais. Malgré les sautes d'humeur incontrôlables de Marie, ils appréciaient encore ces petits plaisirs. Certainement, les seuls qui leur restaient. Ils avaient ce point commun qu'ils avaient réussi à préserver. Ils étaient adeptes de la bonne chère et des bons vins.

Assis, face à face, à la table de la cuisine, ils dégustèrent le fameux bourguignon préparé par Marie. Éric tenta de soumettre l'idée qu'il avait en tête :

— J'aimerais beaucoup qu'on se fasse un petit repas de fête, cette année, ce serait chouette, non ? fit-il en prenant soin de ne pas évoquer Noël.

— Pourquoi pas, si ça te fait plaisir ?

— Oui, un repas de fête, ça n'a jamais fait de mal à personne et en plus, on aime les bonnes choses, pourquoi s'en priver ? On a fait ramoner la cheminée cet été, je ferai une belle flambée pour l'occasion ! Je te laisse gérer les courses cet après-midi, c'est pas mon point fort, ce genre de corvée !

— Si tu le dis, et tu veux manger quoi ?

— Tu as carte blanche ! Je te fais entièrement confiance, tu as un don inné pour choisir les meilleurs produits !

Le repas se termina sur cette note d'optimisme.

Marie ne partit à Aubenas qu'en fin d'après-midi. Avant, elle fit une sieste et prit une tasse de thé. Pendant qu'elle se reposait, Éric prit soin de sortir la vieille

4L de la grange et de l'éloigner de sa propre voiture. Connaissant sa femme par cœur, il était certain qu'elle partirait directement.

C'était la veille de Noël, les magasins devaient grouiller de monde, elle ne rentrerait pas avant un bon moment. Cela laissait le temps à Éric de préparer sa surprise. Il ressentit tout de même une légère appréhension quant à la réaction de Marie, mais il ne pouvait plus faire machine arrière.

Quand Marie revint épuisée de ses courses éreintantes, il faisait nuit. Éric avait laissé le portail ouvert. Elle avança dans la cour et se gara en bas de l'escalier de pierre. Elle descendit de la 4L et soudain tout s'illumina autour d'elle. Elle se figea, porta ses mains devant sa bouche et tourna sur elle-même pour ne rien rater du spectacle. Éric, qui l'observait depuis son retour, descendit la rejoindre en affichant un large sourire. Il s'aperçut que les joues de Marie étaient mouillées de larmes. Il reconnut instantanément qu'il s'agissait de larmes de bonheur. Marie se tourna vers son mari et l'enlaça. Éric, prisonnier de l'étreinte de sa femme ne bougea plus et apprécia ce moment intense. Des années, qu'il attendait cet instant. Il resta dans cette position légèrement ridicule et profita de ce bonheur retrouvé. Marie appuya sa tête contre son torse et murmura :

— C'est toi qui as fait tout ça pour moi ? Que c'est joli ! C'est juste… féérique ! Merci !

— J'ai espéré du fond du cœur que ça te plaise ! Tu veux faire le tour ? rétorqua Éric toujours coincé dans son étau d'amour.

Marie se retira subitement.

— Oui, évidemment! Oh, excuse-moi, je, je… Je suis désolée!

— Hé, chérie, désolée de quoi?... Allez, viens je te montre!

Il la prit par la main. Ils firent le tour des décorations et Éric montra à Marie les nouveautés dans lesquelles il avait investi. La cour de la maison faisait au moins quatre fois la superficie de l'ancienne. Il ne voulait pas d'une décoration riquiqui. Alors, il avait dépensé une petite fortune, afin d'être certain que ses efforts aient un effet positif. Pari gagné.

— Vient Marie, on rentre, tu vas prendre froid.

— Encore un petit moment, c'est tellement beau!

— OK, comme tu veux, mais il faut rentrer les courses!

— Oh, oui, tu as raison! J'en ai oublié ces foutues courses!

— Marie, surveille ton langage! dit-il en riant.

— Oui, ben c'était le gros bordel! Y avait des glandeurs de partout! Ça m'a gonflé!

Éric ne répondit pas et lui sourit. Les excès d'humeur de sa femme ne le choquaient plus. Il savait pertinemment que c'était passager et que cela passerait comme c'était venu.

De retour à l'intérieur, l'émerveillement reprit de plus belle devant le magnifique sapin. Marie passa de longues minutes à toucher les décorations, les unes après les autres. L'euphorie était au rendez-vous. Un immense fossé venait d'être franchi. Le plus beau restait à venir.

Ensemble, ils préparèrent un festin avec les meilleurs mets de la région et d'excellents vins pour accompagner le tout. Éric avait déniché des bougies au fond d'un placard et l'âtre brillait de son feu ardent. L'ambiance de Noël était de nouveau présente dans cette vieille bicoque.

La soirée fut parfaite. Le repas digne d'un grand chef. Éric ne put attendre plus longtemps pour offrir les cadeaux à Marie.

Elle regarda les paquets, avec stupéfaction et s'écria :

— Mon Dieu, Éric ! Des cadeaux ? Mais moi, je… Je n'ai rien pour toi, je suis confuse, je ne m'attendais pas à ça !

— Chérie, pas de panique ! Mon plus beau cadeau… c'est de te voir heureuse, comme à cet instant précis. Allez, viens ! Tu les ouvres ! Tiens, commence par celui-ci !

Marie, excitée comme une puce, ne mit pas longtemps à ouvrir le volumineux cadeau.

— Un ordinateur ! C'est génial ! Merci !

— J'ai vérifié avant qu'il y avait du réseau dans le coin ! plaisanta Éric.

Puis, il lui offrit le second paquet. En deux temps, trois mouvements, il fut débarrassé de son bel emballage de fête. Le sourire de Marie s'éteignit.

— Éric, qu'est-ce que c'est que ça ? Si c'est une plaisanterie, elle est de très mauvais goût !

— Marie, ne le prend pas comme ça. J'espère que tu n'auras jamais à t'en servir, mais je serai plus rassuré de savoir que tu as de quoi te défendre dans cette maison isolée.

— Mais, c'est de la folie ! Je n'ai jamais manipulé un truc pareil ! Ça pourrait être fatal, tu te rends compte !

— Ne t'inquiète pas, je vais t'expliquer ! Donne ! Et ensuite, tu iras le ranger où tu veux, mais en cas de nécessité, tu sauras où le trouver et comment il fonctionne.

Éric prit la boîte entre ses mains. Il en sortit un pistolet Remington 1911, calibre 45. Il avait acheté l'arme de poing, au marché noir, par le biais d'un ami. Il passa une demi-heure à expliquer à sa femme, avec beaucoup de minutie, le fonctionnement du Remington. Elle finit par accepter le fait d'avoir un pistolet sous son toit. Après tout, si cela pouvait rassurer Éric.

Après quelques verres, Marie fut un peu éméchée. Elle prit Éric par la main et le tira vers le canapé. Étonné sur le coup, il céda vite à la tentation et se laissa faire. Marie commença à l'embrasser et à le caresser. Éric n'osait plus bouger, de peur d'une maladresse. Les mains de Marie glissèrent sur sa chemise et déboutonnèrent celle-ci fébrilement. Éric voulut être sûr que Marie était bien consciente de ce qui était en train de se passer.

— Marie, attends ! Tu es sûre que ?

— Chuuut ! fut sa seule réponse.

Après avoir fait l'amour tendrement dans le salon, à la lueur des bougies et du feu de cheminée, Marie s'endormit. Éric la prit dans ses bras et la monta jusque dans la chambre. Là, il la coucha délicatement dans le lit, en faisant attention de ne pas la réveiller. Il ne put s'empêcher d'admirer Marie dans son sommeil, quelques instants. Heureux, il était enfin heureux, il venait de retrouver sa femme. Il se déshabilla et s'allongea à ses côtés. Il la regarda encore et encore et lui susurra doucement :

— Je t'aime !

Il trouva rapidement le sommeil à son tour. Cette nuit de Noël fut magique et au-delà des espérances d'Éric. Demain pourrait bien être le premier jour d'une vie nouvelle, une vie pleine de promesses.

Au petit matin, Éric se leva et se rendit à la boulangerie pour y acheter des viennoiseries. En rentrant, il prépara un copieux petit déjeuner. Il voulait faire plaisir à Marie. Il rangea tout le désordre de la veille et fit la vaisselle. Marie se leva deux heures plus tard. Elle descendit les escaliers d'un pas lourd et s'attabla sans dire un mot. Éric s'approcha et voulut poser ses lèvres sur celles de sa femme. Marie détourna la tête, aussitôt.

Éric n'insista pas et lui dit :

— Bonjour, chérie ! Tu as bien dormi ?

Aucune réponse ne sortit de la bouche de Marie. Éric servit le café et s'assit en face de sa femme. Ils commencèrent à prendre leur petit déjeuner dans un silence de mort. Éric constata que Marie ne touchait à rien.

— Marie, que se passe-t-il ? Tu n'as rien pris ! Tu as trop bu hier soir et tu as la gueule de bois, ce matin ?

Marie releva la tête et regarda son mari, avec un regard accusateur et méprisant.

— Tu m'as violée !

Éric ressentit une douleur fulgurante dans la poitrine et crut que son cœur allait s'arrêter de battre.

— Qu… Quoi ? Qu'est-ce que tu dis ? Marie, enfin tu…

— Tu avais tout prévu, hein ?

À cet instant, Marie dégagea sa main de sous la table et visa Éric avec le pistolet qu'il lui avait offert la veille. Éric, les yeux exorbités, essaya de faire entendre raison à sa femme :

— Marie ! Qu'est-ce qui t'arrive ? Arrête, rappelle-toi, je t'ai demandé si c'était bien ce que tu voulais ! Marie, je ne t'ai pas forcée, c'est toi qui…

— Tu as bien joué, je reconnais. Le repas de fête, excellente idée ! Tu m'as fait boire pour pouvoir arriver à tes fins ! Tu es un manipulateur !

— Marie, s'il te plaît, écoute-moi enfin ! Tout est confus ce matin dans ta tête, mais on va en discuter, je…

— Tais-toi ! Tu as tout manigancé pour que je tombe dans le panneau. Les lumières, le sapin, tout, tu m'entends ! hurla-t-elle en visant la tête d'Éric.

— Non, arrête ! Tu as dit toi-même que ça pouvait être dangereux ! Je t'en prie, reprends-toi, Marie !

— Oui, mais tu m'as appris à m'en servir ! cracha-t-elle en visant encore mieux.

— No…

Marie appuya sur la détente, le coup partit. Éric fut atteint en pleine tête, à bout portant. La violence de l'impact le fit basculer de sa chaise. Il tomba lourdement. Éric succomba, tué avec l'arme qu'il considérait comme sécurisante. Marie resta assise, impassible, les yeux dans le vide. Elle déposa le pistolet sur la table devant elle. Son mari gisait sur le sol, la boîte crânienne explosée. Le sang s'écoulait du large orifice, causé par la balle du Remington.

Un nouveau jour se levait. Serait-il le même qu'hier ? Ou les jours se suivraient-ils sans se ressembler ? Juste un après l'autre, un jour à la fois.

23

Durant leur rencontre, avec le médecin qui a rédigé l'ordonnance de Marilyne Escoffier, Bellamy et Maurici ont enfin la confirmation de l'hypothèse émise, en découvrant les boîtes de médicaments. Mademoiselle Escoffier souffre bien de troubles bipolaires. Le médecin, alerté de la disparition de sa patiente par les gendarmes de la Section de Recherche, n'hésite pas à dévoiler des renseignements habituellement confidentiels.

Le diagnostic est tombé en 2005, suite à un tragique épisode de la vie de Marilyne Escoffier, deux ans auparavant. Il n'a jamais pu savoir de quoi il s'agissait, ce qu'il lui était arrivé, exactement. Sa patiente est restée murée dans son silence, chaque fois qu'il a tenté d'aborder le sujet. Marilyne a très mal accepté cette pathologie, a délaissé les prescriptions et espacé de plus en plus ses rendez-vous.

Lors de la perquisition au domicile de la directrice, une grande quantité de thymorégulateurs, d'antiépileptiques ainsi que de neuroleptiques a été saisie. Le praticien ne cache pas son inquiétude. Mademoiselle Escoffier n'est pas venue en consultation, depuis un bon moment. Les boîtes de médicaments n'ont pas été entamées ; cela lui laisse présager qu'elle a arrêté son traitement, depuis un certain temps. Il craint que les alternances exagérées de périodes dépressives et autres phases maniaques soient maintenant permanentes, sans le traitement adapté, à base de sels de lithium. Sous médication, le patient retrouve un état normal entre ces deux phases. En ce qui concerne Marilyne Escoffier, ce ne doit plus être le cas. Le médecin insiste sur le fait que sa patiente peut avoir un comportement alarmant et dangereux, pour elle et pour autrui. Il précise qu'il est nécessaire et vital de tout mettre en œuvre pour la retrouver au plus vite. Cela peut être une question de vie ou de mort. La dernière fois qu'il l'a reçue en consultation, elle était très perturbée. En consultant son agenda, il retrouve le rendez-vous : c'était en septembre. Neuf mois qu'il ne l'a pas revue.

Avec de tels renseignements, Bellamy et Maurici s'interrogent sur cette étrange directrice. A-t-elle pu s'en prendre à Léo ? Et, pourquoi ? Sa collègue leur a assuré qu'il faisait partie de ses élèves préférés. La pathologie mal soignée dont elle souffre peut certainement altérer son sens moral et sa lucidité. S'est-il passé quelque chose, un jour ? Un jour de psychose ?

Des questions auxquelles les gendarmes trouvent de maigres réponses en allant voir Chloé, la meilleure amie de Léo. Avec l'accord de ses parents, ils questionnent la petite fille. Elle leur confie avec toute son innocence d'enfant :

« J'ai rien vu d'pas normal, au contraire, Léo, c'était son chouchou des garçons ! Mais quand même, un jour elle lui a confisqué un truc, parce qu'il jouait avec, pendant la classe, mais ça fait longtemps, hein ! Et même qu'un jour, la maîtresse lui a offert un livre sur les chevaux ! Mais elle connaissait pas le secret de Moon, non y avait que moi qui savais ! Et il voulait que ça soit comme ça ! »

Si les gendarmes se fient aux déclarations de la fillette, mademoiselle Escoffier n'était pas au courant des visites que Léo faisait à Moon, contrairement à ce qu'a déclaré la directrice. Chloé n'a pas réussi à se souvenir de l'objet qu'elle lui avait confisqué. Il doit certainement exister une boîte, sur le bureau de l'enseignante, dans laquelle elle fourre tous ces petits objets de délit. Peut-être que si Chloé jette un coup d'œil dedans, elle se souviendra. Une nouvelle intervention à l'école s'impose.

En rentrant à la Section de Recherche, Maurici s'installe sans attendre devant le PC et engage dès lors, les recherches à propos de Marie Lacombe. Cette mystérieuse personne dont les photos trônent, çà et là, dans la maison de Marilyne Escoffier, reste pour l'heure, une véritable énigme.

Bellamy est en train de pendre ses affaires au portemanteau quand le téléphone sonne. Il répond sur-le-champ :

— Adjudant-chef Bellamy !... Oui, bonjour madame... Comment ? Et depuis quand ? ... Avez-vous un moyen de transport pour arriver jusqu'ici, afin de faire une déposition ?... Très bien, je vous attends... Ne paniquez pas, il y a certainement une raison à tout cela... à tout de suite.

— C'était quoi le coup de fil ? fait Maurici sans lever les yeux de son écran.

— Céline Charvet, son mari n'a pas donné de nouvelles depuis trois jours !

— Trois jours ? Et elle s'inquiète que maintenant ?

— Oui, il a laissé un message. On en saura plus quand elle sera là.

Trois quarts d'heure plus tard, Céline se présente littéralement abattue dans le bureau de Maurici, celui de Bellamy étant occupé par Jo. Elle fond en larmes. Martin la prend en charge et tente de la rassurer en lui demandant de s'installer sur le siège, face à son bureau. Il lui propose une boisson, afin qu'elle se détende un peu. Elle accepte un café. Il lui sert un «mug» rempli de moka. Céline s'y reprend à deux fois pour prendre la tasse, tant ses mains tremblent. Martin la laisse boire une gorgée, puis ouvre la conversation.

— Ça va aller ?

— Oui, je vous remercie.

— Je vous écoute.

Céline fouille dans la poche de son jean et en sort un morceau de papier griffonné. Elle le donne à Martin qui le lit aussitôt.

— Il ne vous a pas donné plus d'informations, sur cette course ?

— Non, rien de plus. Vous savez depuis... Enfin, vous savez ! La communication est compliquée entre nous. Nous vivons un peu comme des colocataires.

— J'en suis désolé. Il vous a téléphoné à son arrivée sur les lieux ? Pour vous dire qu'il avait fait bonne route, par exemple.

— Non, aucune nouvelle, je vous dis. Je me suis dit qu'il avait besoin de calme et de prendre un peu de distance. Je pouvais le comprendre, mais qu'il ne donne pas signe de vie, ça devient inquiétant.

— Moralement, comment est-il en ce moment?

— Comme quelqu'un qui a perdu son fils unique et qui a été soupçonné de l'avoir tué. Si vous voyez ce que je veux dire?

— Écoutez madame, je suis là pour vous aider. J'entends votre angoisse, mais comprenez de votre côté que nous sommes dans l'obligation de n'écarter aucune hypothèse.

— Et vous en êtes où, exactement? Qui a tué mon Léo? Vous le savez? Non, hein, vous n'en savez rien du tout! Et aujourd'hui, c'est mon mari qui se volatilise! Comment je dois réagir d'après vous, hein? hurle Céline comme une furie.

Son état de colère est tel, que les tremblements reprennent de plus belle, Céline renverse sa tasse, malencontreusement.

— Oh, je suis désolée! Je ne voulais pas…

— Ce n'est rien, je vais nettoyer!

— Non, non je vais le faire, j'y tiens et… ça va me calmer un peu.

— Comme vous voulez, je vous laisse un instant.

Bellamy se rend auprès de Jo et lui fait part de la situation.

— Jo, tu peux lâcher ce que tu fais, s'il te plaît? On a du pain sur la planche.

— Mais encore, mon grand?

— Géolocalisation du GPS du taxi et des portables respectifs, réquisitions des opérateurs téléphoniques de Charvet et de la dirlo en vue d'une FADET (facture détaillée), ainsi que les relevés des CB de chacun d'eux.

— OK, pas de problème ! Je te tiens au courant. Ça fait beaucoup de disparitions, non ?

— Et visiblement, le même jour ! Je ne crois décidément pas aux coïncidences…

— Oui, un peu gros pour le coup ! Tu crois que le père de Léo se tape la dirlo, pendant que sa femme est au bout du rouleau ?

— Si c'est le cas, c'est le moindre mal, dégueulasse, certes… Mais, souviens-toi de la description que Marilyne Escoffier avait faite de Laurent Charvet, c'était pas réjouissant !

— Pour nous induire en erreur, nous mettre sur une fausse piste ! Je le sens mal, Martin ! Et s'ils étaient complices ?

— Du meurtre de Léo ? On s'emballe, mon Jojo ! Contente-toi de faire des recherches et on tirera des conclusions après.

Maurici lève la main en signe d'assentiment. Martin regagne le bureau voisin.

— Désolé, je n'ai pas été trop long ? s'adresse-t-il à Céline.

— Non, non, pas de souci, c'est moi qui vous dois des excuses, et…

— C'est oublié. Cependant, je dois vous poser des questions qui risquent d'être désagréables. Je préfère vous prévenir.

— Alors, allons-y, fit-elle, dépitée.

— Vous n'êtes pas sans savoir qu'une enquête est ouverte envers mademoiselle Escoffier.

— Oh, mon Dieu, non, je ne savais pas ! Que se passe-t-il ? Nous ne sommes pas dans la même école, vous savez ! Et, je n'ai ni le temps ni l'envie d'écouter les ragots ! Elle… Elle n'est pas impliquée dans…

— Une collègue est venue déposer pour « disparition inquiétante ».

— Mais depuis quand ?

— Le même jour que votre mari. Pensez-vous qu'il puisse exister une relation entre eux ?

— Oh, mais non ! Laurent connaissait à peine la maîtresse de Léo. Il ne s'intéressait pas trop à la scolarité de son fils. Il a dû la voir deux fois, tout au plus.

— Nous avons réquisitionné les opérateurs téléphoniques ainsi que les banques de chacun d'eux. On saura très vite s'ils ont communiqué et si leurs cartes ont été utilisées, ces derniers jours.

— Mais, c'est impossible, je me serai rendu compte de quelque chose. Tout allait bien, avant… Non, et puis l'adultère ne fait pas partie de ses principes, bien au contraire.

— Les principes restent des principes qui se bousculent, au gré des envies, des rencontres. De nombreux criminels avaient des principes avant de…

— Quoi ? Que voulez-vous insinuer par là ? Qu'ils auraient…

— Je n'insinue rien, mais comme je vous l'ai expliqué tout à l'heure, nous n'écartons aucune piste, il faut des preuves probantes. Avez-vous une idée de l'endroit où a pu se rendre votre mari ? Un lieu qu'il aime particulièrement ?

— Non, je ne sais pas. Il aime beaucoup la découverte de nouveaux endroits, mais ne s'est jamais attaché à un lieu précis. Il a fait beaucoup de route dans sa vie professionnelle. Routier, puis taxi, les kilomètres ne l'effraient pas.

— OK, très bien. On tente de géolocaliser son GPS, on devrait avoir des informations prochainement.

— Impossible ! Le GPS et le taximètre du taxi sont en panne, il vous l'avait signalé quand…

— Oui, il a évoqué le compteur horokilométrique, mais pas le GPS.

— Il est tombé en carafe quelques jours après, je présume. Tout partait en sucette sur cette voiture, il était en colère, il n'y a pas un an qu'il l'a achetée. Mais j'y pense, je devais passer cette semaine à l'école pour récupérer les affaires de Léo, auprès de sa maîtresse. Si, comme vous le pensez, ils ont une liaison, elle ne m'aurait pas dit de venir, non ?

— En effet, mais je ne veux rien vous apprendre sur les imprévus.

— Vous êtes toujours aussi pessimiste ?

— Dans de telles circonstances, oui. Il faut constamment espérer le mieux, mais néanmoins, se préparer au pire. Je ne vais pas vous retenir plus longtemps. Voulez-vous que je vous raccompagne chez vous ?

— Non, merci, ça ira, je suis venue avec ma voiture.

Martin reconduit Céline jusqu'à la porte principale et la laisse partir en la saluant.

Céline rejoint sa voiture sur le parking, d'un pas lent. Elle s'arrête même plusieurs fois avant de poser la main sur la poignée de la portière. Là, elle se fige une nouvelle fois. Elle est perdue, contrariée et abasourdie par ce qu'elle vient d'entendre. Que doit-elle penser de ces insinuations ? Elle s'aperçoit que ses tourments lui font des nœuds au cerveau. Elle perd les pédales, elle n'est plus rationnelle.

Elle allume la radio de sa voiture. La chanson *Prayer In C* du groupe Lilly Wood&The Prick est en train d'être diffusée. Comme elle adore cette chanson, elle monte le son et se cale sur l'appuie-tête, les yeux clos. La programmation suit avec *Chandellier*, de Sia. Elle attend, écoute et ne pense plus à rien. Ça lui prend une bonne dizaine de minutes avant de pouvoir émerger, mettre le contact et sortir de l'enceinte de la Section de Recherche.

L'accalmie est de courte durée. Son affliction la ramène vite à la triste réalité. Le son des Magic System l'agresse soudain. De rage, elle éteint la radio et se résigne à finir le trajet jusqu'à Chabanière, sans musique.

Maurici arrive en trombe au milieu du couloir de la SR, en beuglant le prénom de son coéquipier.

— Martiiiin ! J'ai trouvé !

Bellamy, qui revient de raccompagner Céline, discute dans un bureau, avec un collègue, des diverses enquêtes en cours. En entendant Maurici hurler, il coupe court à la conversation et le rejoint dans le hall d'entrée.

— Oh, Jojo, du calme! Qu'est-ce que tu as trouvé?
La combinaison du loto?

— Yes, mon grand! J'ai gagné le gros lot!

— Content pour toi! On partage?

— OK, viens, tu ne vas pas être déçu! finit Maurici
en laissant planer le doute.

24

Laurent est terrorisé. Lui, qui d'habitude est plutôt présomptueux, infatué, n'en mène pas large au fond de sa cave. Il souffre le martyre et se demande pour combien de temps encore. La folie de son bourreau est à son paroxysme.

En descendant visiter son prisonnier, afin de lui verser de l'alcool de poire sur les plaies, Gru constate une fuite, sur une arrivée d'eau. Il regarde tomber les gouttes, les unes après les autres, durant de longues minutes. Cela lui rappelle une anecdote que lui a racontée un ami militaire, une dizaine d'années auparavant : le supplice de la goutte d'eau. C'est alors que lui vient l'idée de s'ingénier à le reproduire. Gru ne supporte plus de voir Laurent affalé sur la terre battue et s'endormir, dès qu'il le peut.

Un sommeil forcé, sans doute pour ne pas subir le temps qui passe et tenter d'oublier les douleurs. La faim et la soif qui lui broient l'estomac le réveillent à certains moments. Il perd la notion du temps. Depuis quand est-il enfermé, torturé et affamé dans ce trou à rats ? Il ne sait plus vraiment. Des rats ? Oui, il y en a. Il les aperçoit régulièrement. Il les sent sur son corps. Leurs morsures aussi, il les a senties. Comme de fines lames acérées qui pénètrent dans les chairs. Des bestioles presque aussi grosses que des chats. Il ne peut pas bouger les jambes, afin de les chasser à coup de pied. Plusieurs endroits de son corps sont déchirés par les attaques intempestives des rongeurs.

Les plaies de ses bras ne saignent plus. Celles qui traversent ses tibias non plus. Les fractures provoquées par le tranchant de la pelle ont occasionné une intumescence sur chaque membre inférieur. Ses jambes ont triplé de volume. Laurent est crasseux, pataugeant depuis plusieurs jours dans la terre mêlée à ses excréments et son urine. Une odeur pestilentielle se dégage de sa geôle.

Il est sur le point de s'assoupir, quand la trappe s'ouvre. L'ombre de Gru apparaît dans le faisceau de lumière poussiéreux. Laurent veut protéger ses yeux de cette luminosité agressive, mais les chaînes sont devenues plus lourdes que ses bras. L'énergie lui fait défaut, il se contente de les fermer pour éviter l'éblouissement. Gru le regarde et s'exclame avec perversité.

— Tiens, tiens, t'es réveillé ? Ça tombe bien, parce qu'il va falloir t'habituer à ne plus dormir ! Je vais préparer ça méthodiquement, et tu m'en diras des nouvelles ! Mais avant, revenons aux choses sérieuses. Peux-tu me dire pour quelle raison tu es ici ? Je pense que tu as eu largement le temps de réfléchir !

— Je… Je n'sais pas, je suis désolé, fait Laurent tremblant de trouille.

— Oh, non ! Mauvaise réponse ! Tu as perdu, dommage ! Mais, il y a un toujours un lot pour les perdants dans ton genre. Regarde ce que j'ai, là !

Gru décroise les bras de son dos en exhibant un marteau. Laurent est horrifié par ce qu'il voit et serre les mâchoires à s'en casser les dents.

— À chaque mauvaise réponse, je te briserai un doigt avec ce bel outil. Allez, on y va ! C'est le premier le plus douloureux, ensuite la douleur sera moindre. Avant, je te laisse une dernière chance. Regarde-moi bien et ose me dire que tu ne sais pas pourquoi tu es là !

Gru se place parfaitement en face de sa victime, les mains sur les hanches. Laurent l'observe de la tête aux pieds, puis des pieds à la tête. Il se résigne à répondre :

— Arrêtez ! S'il vous plaît ? Je ne vous connais que parce que vous…

— Mensonge ! hurle Gru. Je te demande de faire fonctionner tes méninges et de retourner onze ans en arrière. Allez ! Fais un effort ! Ah, oui ! Petit indice, j'ai beaucoup changé et pris du poids, pas moins de trente kilos ! Mais tu ne devrais pas avoir trop de mal à me reconnaître. Il y a des choses que la mémoire n'efface jamais, n'est-ce pas ? La mienne n'a rien oublié de ce que tu m'as infligé, ce jour-là.

— Je suis fatigué, je n'ai rien fait ! sanglote Laurent.

— Tu as laissé passer ta chance.

Gru attrape violemment une main de Laurent et la plaque contre le mur de pierres. Laurent s'efforce de résister, mais il est contraint d'abandonner. Sa véhémence n'est plus qu'un souvenir. Il tourne la tête pour ne pas affronter ce qui va suivre. C'est alors que Gru lève le bras armé du marteau et frappe au hasard. Une seule fois. Laurent crie si fort, qu'il se déclenche une toux du diable. Le majeur de la main droite se met à gonfler presque instantanément. Le souffle de Laurent s'accélère et le fait tousser de plus en plus. En état de choc, il s'évanouit.

Gru vocifère de rage :

— Non, mais tu rêves! Tu ne vas pas encore dormir! J'ai un remède imparable contre le «syndrome de la Belle au bois dormant»!

Pendant que Laurent subsiste dans un état comateux, Gru prépare son banc de torture. Il déplace l'établi à bout de bras, avec une force décuplée par la haine et la colère. Le moment le plus délicat est de hisser son prisonnier sur cette table de fortune. Gru n'a aucun état d'âme et coûte que coûte, il le fera monter dessus. La pelle est persuasive. Laurent rampe dans la boue que la fuite a provoquée, à bout de souffle. La toux recommence de plus belle, il s'arrête et reprend sa respiration. Gru ne voit pas tout à fait les choses de cet œil :

— Allez, putain! Tu vas pas y passer la journée! Arrête de t'époumoner, merde à la fin! C'est désagréable et puis tu crèveras après, sur la table si tu veux! Accroche-toi là, et tu te hisses à la force des bras! T'es pourtant un costaud, normalement. T'as bien changé, dis-moi!

Laurent s'exécute. Une fois les pieds décollés du sol en ondulant comme un serpent, Gru lui prend les jambes et le propulse sur l'établi. La douleur est foudroyante. Haletant et épuisé, il résiste pour ne pas flancher. Il tient à savoir quel sort lui réserve Gru, à présent. Il ne tarde pas à le découvrir.

Allongé sur le dos, Laurent ne peut décidément plus se mouvoir, tant il s'affaiblit de seconde en seconde. Si l'opportunité de s'évader lui était donnée, il en serait malheureusement incapable. Son sort est scellé. Il mourra certainement au fond de cette cave, comme un chien.

Gru lève les yeux vers la fuite d'eau. C'est juste parfait! Il attache les pieds de Laurent, avec des sangles à cliquet qui attendaient patiemment d'être utilisées, accrochées à un clou. Puis, il lui met les bras le long de corps et opère de la même façon, en faisant passer les liens sur le torse et l'abdomen. La dernière courroie sert à maintenir la tête immobile, en maintenant le menton.

Laurent ne fait plus qu'un avec la table de torture. Soudain, il ressent quelque chose, une gêne. Il a le réflexe de sursauter, en vain. Il est solidement amarré. Puis, cela recommence. Encore et encore. Seulement quelques secondes de répit, et cela continue, inlassablement. Il reste impuissant face à cette situation obsédante. Il sent des gouttes couler dans ses yeux et ruisseler sur ses tempes. La gêne est insupportable. Gru regarde sa nouvelle œuvre, satisfait. Il prend des photos. Le flash aveugle Laurent. Gru rit aux éclats et explique à sa victime :

— Bien pensé, non? C'est le «supplice de la goutte d'eau»! Le principe, c'est qu'une goutte d'eau de cette charmante fuite claque sur ton front toutes les… une, deux, trois, quatre secondes! fait-il en décomptant entre deux gouttes. Je reconnais, c'est très agaçant!

Normalement, ça doit t'empêcher de dormir et à plus ou moins long terme… te rendre fou! Sympa, non? J'adooooore!

Les yeux clos, Laurent voit sa fin arriver, inévitablement. Il a soif et l'eau s'écoule sur le côté de son visage, sans pouvoir se tourner pour récupérer du précieux breuvage. Il articule comme il le peut :

— Ai… Foif.

— Bon, OK! Je te donne une lichette! Mais ensuite, tu réponds à ma question!

Laurent cligne une fois des yeux en signe d'acquiescement. Gru prend une bouteille en ôte le bouchon, puis porte le goulot aux lèvres du supplicié. Il inonde la bouche de sa victime. Celui-ci est pris de spasmes. Il suffoque, il se noie. Gru retire alors la bouteille et éclate de rire, en s'adressant à Laurent :

— Ben, dis donc, je savais pas que tu étais du genre à te noyer dans un verre d'eau! Bon, alors ça va mieux? Maintenant, dis-moi, pourquoi moi?

— Qu… Quoi?

— Mais c'est qu'elle résiste, la bête! Pourquoi m'as-tu violé, il y a onze ans de ça?

— Mais… ai iolé pèsonne! Ai ien fait… Qu'est-que… Non!

— Arrête ton cirque et tes mensonges! Je sais que c'est toi! J'en ai la preuve! … Oh, mais… Merde, je l'ai laissée… Non, non, non, non! peste Gru.

— Quelle peuve? Hein alope? T'as ien… Est… Est que du flan! dit-il en souriant, malgré la sangle qui lui comprime le menton et les mâchoires.

— Salope ? C'est ce que tu as dit ? On va voir qui est la salope !

Gru cherche et trouve rapidement le marteau et le prend fermement en main. Il tire la main gauche de Laurent et la pose à plat sur la table. Cette fois, aucun avertissement avant le coup fatal. Laurent encaisse, sans un cri. Il ne peut plus que gémir. Trois doigts ont éclaté sous la violence du choc. Il succombe sous la douleur. L'incessant goutte à goutte frappant son front le sort rapidement de sa trêve. Gru constate d'emblée que son plan fonctionne à merveille.

Il exulte de bonheur :

— Fantastique ! Ça marche ! Je suis un génie ! Et toi, tu ne seras bientôt plus qu'une loque, un déchet !

Gru se met à explorer les étagères de la cave, méthodiquement. Brusquement, son regard se pose sur un vieux service à fondue. Il souffle sur la poussière et déballe l'appareil avec soin. Le service est complet. Le brûleur, le caquelon et les pics, tout y est ! Alors, une idée perverse s'échappe de son cerveau désaxé. Gru reluque les fourchettes et le réchaud avec grand intérêt.

— Épatant ! Excellente idée ! Je vais pouvoir terminer et signer mon œuvre ! Quel talent !

Perdu dans ses pensées malsaines, Gru est interrompu par les gémissements de Laurent. Il se dirige à son chevet, le carton sous le bras.

Il lui lance ces derniers mots avant de disparaître par la trappe :

— Je dois te laisser, j'ai des courses à faire ! J'ai une surprise pour toi ! Tu vas adorer ! Allez, je m'éclipse !

Gru s'est absenté durant des heures. Du moins, c'est la perception du temps, certainement erronée, ressentie par Laurent. Ce supplice est insoutenable, infernal. Il a tant besoin de s'assoupir, de récupérer des forces, juste un instant. Cette maudite flotte l'en empêche impitoyablement. Ce châtiment est pervers et très subtil. Une exécution lente qui pousse à la folie, avant de crever. Laurent s'attend à ne plus fermer les yeux, jusqu'à sa dernière inspiration. Ce moment même où il les fermera une ultime fois, pour ne plus jamais les rouvrir. Ses tempes sont en permanence mouillées, mais il n'arrive plus à distinguer ses larmes, de ces maudites perles d'eau dévastatrices.

Tout à coup, Laurent entend des pas à l'étage. Il se raidit d'épouvante. Des crampes le cisaillent dans le dos. Il ne peut pas bouger pour soulager le mal et les contractures s'intensifient. Il subit.

Gru chantonne en ouvrant la trappe. Il descend l'escalier de bois, une bouteille à la main.

— Ça n'a pas été trop long, j'espère ? Mais, on va pouvoir commencer, j'ai tout ce qu'il faut sous la main ! Je tiens à signer mon œuvre, tu comprends ?

Laurent essaie de suivre Gru du regard. Sans pouvoir tourner la tête, il s'efforce de traduire ses intentions sadiques. Le bourreau ouvre la bouteille que Laurent identifie comme étant de l'alcool à brûler, puis en verse dans le brûleur du service à fondue et enflamme le tout à l'aide d'un allume-gaz. Des frissons et une sueur froide envahissent Laurent. Il imagine l'inimaginable, l'ébouillantage à l'huile. Il sent les battements de son cœur tambouriner dans sa poitrine. En continuant d'observer, il voit Gru poser le caquelon sur un rayon dans le carton d'emballage. Dans sa main, quatre pics à fondue. Gru dépose les côtés piquants sur le réchaud en flamme. Il se retourne et s'adresse à sa victime :

— Voilà, c'est parfait ! Juste cinq petites minutes et on pourra commencer ! Ça devrait te plaire !

Laurent sent la chaleur du réchaud envahir la cave. Ça fait du bien. Il se détend un peu et les crampes dorsales s'affaiblissent. Encore une fois, la détente est de courte durée. Gru se positionne à côté de la table de châtiments, un pic incandescent dans la main droite. De la main gauche, il dépose un lecteur CD au bout de la table. Il enclenche le bouton « play ». Mozart joue son requiem.

— Tu es prêt ? Allons-y, Maestro !

Laurent n'a pas le temps de pousser une plainte de négation, que la fourchette à deux dents se pose fermement sur son torse, juste en dessous de la sangle. Le «V» en bout de manche, bien à plat. Laurent étouffe un cri, ses yeux sont révulsés. Il souffle par les narines, comme un taureau sur le point de charger. Une odeur de cochon brûlé se répand dans le cachot. Après avoir retiré l'outil diabolique, Gru s'extasie devant le résultat :

— Waouh, magnifique ! C'est très original, j'adore ! J'ai pensé à tout, regarde ! Il y en a plusieurs sur le feu, ça ira plus vite ! Astucieux, hein ? Allez, on ne perd pas de temps !

Gru prend une nouvelle fourchette et reprend son œuvre. Cette fois, la tranche du pic est utilisée à la verticale. À chaque brûlure, un petit cri de joie sort de la bouche du tortionnaire. Pour les marques suivantes, il a recours à un instrument dans chaque main, pendant que deux autres rougissent sur le feu. Deux traits verticaux, deux horizontaux. Un vertical, un horizontal, et ainsi de suite. Tel un chef d'orchestre.

Laurent n'en peut plus. Il ne ressent presque plus rien. C'est comme s'il avait quitté son corps. Comme si son enveloppe était vidée de son âme. Le moment est peut-être arrivé. Il est temps de partir, maintenant. Oui, c'est ça! Il voit cette fameuse lumière blanche et attirante, pré-mortem, dont tout le monde parle. Son rythme cardiaque ralentit et fait écho. Il est serein et apaisé, il veut partir. Il tend la main vers la lumière, Léo est là.

Gru, occupé à fignoler sa réalisation, ne remarque pas que Laurent s'apprête à retrouver son fils dans un autre monde. Il admire le résultat de son art morbide. Juste un mot, incrusté à jamais, au fer rouge, sur le corps de Laurent, un seul mot : VIOLEUR.

25

À cette époque de l'année, Victor Dahan a pour habitude de s'installer, le matin, à la terrasse des cafés. Il rejoint très tôt le Café de la Poste, de Mornant. Quelques heures plus tard, c'est à la terrasse du bistrot de Chabanière qu'il aime savourer son petit noir. Il ne se sépare jamais de son ordinateur, de son carnet et de son stylo. Il puise son inspiration dans ce qu'il voit, ce qu'il entend. L'écrivain est connu de nombreux habitants, mais sans plus. Il est plutôt réservé et ne communique guère avec les gens. Dans les villages, il est décrit comme un solitaire qui ne s'intéresse qu'à ses bouquins pour gamins. Un artiste, un farfelu en somme ! Les préjugés vont bon train dans ces petites bourgades. Mais, Victor n'est pas dénigré pour autant, tant qu'il n'embête personne et qu'il amuse les enfants avec ses histoires de tortue. Les livres, la musique, la culture en générale ne sont pas les priorités de ce monde rural. En revanche, les potins, les ragots et les brèves de comptoir ont vite fait d'animer le village.

Une fois n'est pas coutume, ce matin-là, Victor reste à l'intérieur du bar et surprend une conversation qui l'interpelle aussitôt. Il tend l'oreille. Il est question de la disparition du papa de Léo et de la directrice de l'école du petit garçon. Visiblement, les clients du bar, accoudés au zinc, lisent un article paru le matin même dans le journal. L'écrivain connaît les habitudes de chacun. Les habitués des lieux parcourent d'abord des yeux les gros titres des journaux, puis chacun y va de son avis, de son opinion, alors que le quotidien est finalement abandonné sur une table. Victor patiente encore un peu. Quand il aperçoit l'un des clients tendre le bras pour déposer le journal, il se lève et demande poliment :

— Excusez-moi, vous avez terminé ? Est-ce que je peux ?

— Oui, allez-y, servez-vous ! Les nouvelles ne sont pas réjouissantes, aujourd'hui ! Quelle histoire !

Victor prend le journal et fait un signe de remerciement avec la tête, envers son interlocuteur. Il retourne à sa table, commande un nouvel expresso et commence la lecture de l'article concernant les deux disparitions. Il n'en perd pas une miette.

La chronique relate d'abord les avancées de l'enquête sur le meurtre du petit Léo. La veste de camouflage et le foulard « Mascotte » de l'enfant demeurent introuvables à ce jour. L'article enchaîne sur les disparitions inquiétantes de son père et de son institutrice. Ils n'ont plus donné signe de vie, ni l'un ni l'autre, depuis plusieurs jours, maintenant. Des investigations sont en cours, une perquisition a eu lieu chez mademoiselle Escoffier et une collègue a été délogée de son poste pour servir de témoin. Tout ça, pendant que madame Charvet était entendue à la Section de Recherche. Blablabla.

À la fin de l'éditorial, Victor ferme et replie soigneusement le quotidien et le pose devant lui. Son regard et son esprit s'égarent au travers de la vitrine et finissent par se poser sur la fontaine de la place. Les pigeons batifolent dans l'eau pour se rafraîchir. Il ne les voit pas, il est perdu dans ses pensées. Les commérages fusent ; chacun avance son hypothèse, tout aussi médisante et tordue, l'une que l'autre. Le ton monte dans le bar, le bruit ramène Victor à la réalité, quand tout à coup, il regarde sa montre. Il se lève, se dirige vers le comptoir, règle ses consommations au patron, salue la clientèle et sort de l'établissement.

Après être passé chez lui prendre des affaires pour son travail d'animation, il se rend à l'École des Tilleuls. Une fois les étapes de l'interphone et du portillon franchies, Victor pénètre dans le hall. Il est tout de suite accueilli par la «directrice adjointe». Elle est aux quatre cents coups et son état hystérique laisse entrevoir qu'elle est à la limite d'être «borderline».

— Oh, bonjour monsieur Dahan ! Vous savez, vous ne tombez pas très bien, c'est le branle-bas de combat ici et...

— Ne vous inquiétez pas, j'ai tout le temps qu'il faut ! C'est justement vous que je voulais voir.

— Moi ? Mais pourquoi donc ?

— Non ! Ne me dites pas que vous m'avez lâchement oublié ? Vous m'attristez, vous savez ? dit Victor avec une fausse moue de désolation.

— Mon Dieu ! Si ! Je vous ai complètement oublié avec tout ça ! Vous vous rendez-compte, les gendarmes m'ont obligée à laisser ma classe pour que je sois témoin de la perquisition! Non, mais où va-t-on? Ils s'imaginent que je n'ai que ça à faire!

La machine est lancée et Victor compte bien profiter de l'occasion.

— Comme je vous comprends, cela a certainement dû vous contrarier. Entrer dans l'intimité de sa collègue ne doit pas être évident! Vous deviez vous sentir mal à l'aise?

— Et le mot est faible, je vous assure! J'avais l'impression de participer à un cambriolage! Ben oui, parce qu'ils ont emmené des choses, qu'ils ont mises sous scellés!

— Ah oui, ils ont trouvé des indices qui peuvent permettre de la retrouver, au moins?

— À la retrouver, je ne sais pas, l'avenir le dira sûrement. Ils ont mis la main sur des médicaments, un livret de famille, des ordonnances, des photos, et ils ont même pris son ordinateur! De la pure folie, je vous dis!

— Ils n'ont rien trouvé de plus... parlant ou exploitable?

— Comme quoi, par exemple?

— Je sais que les enquêteurs sont toujours à la recherche du foulard de Léo et également en quête de la veste de camouflage déchirée.

— Comment vous savez tout ça, vous?

— Les journaux, madame. Je lis juste les journaux!

— Ah oui, bien sûr! Mais vous n'allez pas croire que mademoiselle Escoffier est impliquée dans l'affaire de Léo! Quelle calomnie! C'est tout simplement...

— Du calme, je ne voulais pas vous froisser! Et non, je ne pense rien de cette histoire dramatiquement douloureuse pour le village. Je ne juge, ni n'incrimine personne, ce n'est pas mon travail.

— Oui, vous avez raison, je suis désolée, je m'emporte. Mais, nous sommes dans une situation vraiment délicate, en ce moment, et j'ai peut-être tendance à perdre mon sang-froid. Et puis, il est clair que vous n'êtes pas là pour ça! fait l'enseignante tout en affichant son plus beau sourire.

— Je ne vous le fais pas dire! Je venais juste fixer une date avec vous, pour une animation avec votre classe.

— Je… Je vais vous faire patienter dans le bureau de la directrice, pendant que j'envoie les enfants en récréation avec les autres classes! Je tâche de faire au plus vite!

— Prenez votre temps, le mien n'est pas compté, contrairement au vôtre. J'ai de quoi m'occuper! finit-il en soulevant la sacoche contenant son ordinateur portable.

La maîtresse reprend le couloir menant à sa classe en claquant ses talons sur le carrelage. À force de côtoyer les enfants des écoles du coin, leurs habitudes n'ont plus de secrets pour Victor. Il sait combien de temps il leur faut pour se préparer à sortir dans la cour. La maîtresse fait ensuite une «pause pipi» et passe par le bureau des maîtres pour y prendre deux tasses de café.

Dix minutes. Victor doit se contenter de ces dix petites minutes pour tenter de trouver ce qu'il cherche. Il entreprend une inspection dans la seconde. Il scrute autour de lui, le fauteuil du bureau, le portemanteau.

Ensuite, il se hâte d'ouvrir les placards sans faire de bruit suspect. Les tiroirs sont aussi passés au crible. Il fait chou blanc. Il est pourtant certain que ce qu'il cherche est forcément là, tout près. Il lève les yeux au plafond de désespoir. Il aperçoit une étagère juste au-dessus de la porte du bureau. Il n'y a jamais prêté attention, jusqu'à ce jour. Des boîtes et des cartons y sont stockés. Pour y accéder, il doit monter sur une chaise. Pas très discret! Il voit les premiers enfants sortir en récréation, suivis de très près par leur maîtresse. Instantanément, une idée lui traverse l'esprit. Il interpelle l'institutrice :

— Excusez-moi de vous déranger encore, serait-il possible d'avoir la liste de vos élèves? J'ai besoin de leurs prénoms ainsi que des derniers livres sur lesquels vous avez travaillé.

— Très bien, je vous apporte ça, dans… cinq minutes! Ça ira?

Victor n'en attendait pas tant. Avec le brouhaha du couloir, il se contente de lever son pouce pour confirmer ses dires et de lui offrir le sourire le plus ravageur qu'il sait faire.

L'écrivain s'enferme dans le bureau et tire le store de la porte. Il n'a pas droit à l'erreur sur ce coup-là. Il avance la chaise, tout en regardant les différentes boîtes que contient l'étagère. L'une d'elles, en métal, porte une étiquette «DIVERS». Divers, ça peut être tout et n'importe quoi! Son choix est vite fait. Il l'ouvre en premier. Victor n'en croit pas ses yeux et manque de perdre l'équilibre. La chaise se stabilise, Victor remet la caisse métallique à sa place et redescend de son perchoir, le plus silencieusement possible. Il entend les pas de la maîtresse retentir dans le couloir. Il se hâte de remettre la chaise comme elle l'était auparavant et fourre ce qu'il vient de dénicher dans la housse de son ordinateur. Il reste interdit, surpris de la facilité avec laquelle tout s'est déroulé. La voix de l'instit le sort de son hébétude.

— Voilà, voilà, je vous ai ramené ce que vous vouliez et le café est offert par la maison !

— Quelle rapidité ! Vous êtes championne d'athlétisme ? fait Victor, avec humour.

— En ce moment, on peut dire ça, oui ! répond-elle, essoufflée.

— Écoutez, je ne veux pas m'imposer et causer encore plus de dérangements que vous n'en avez déjà. Je repasserai plus tard. Je dois de toute façon rendre visite aux autres écoles.

— Mais, non enfin, vous êtes sûr que…

— Il n'y a aucun souci, je vous assure. Vous travaillez dans de telles conditions, qu'il serait indécent de ma part de vous rajouter du boulot.

— Merci de votre compréhension, monsieur Dahan ! Vous êtes charmant ! Je vous recontacte au plus vite, promis !

— Je n'en doute pas une seule seconde. Merci de m'avoir reçu, malgré les circonstances. Au revoir et à très bientôt !

— Oui, à bientôt et bon après-midi !

Victor quitte l'école, tandis que la maîtresse rejoint ses élèves dans la cour.

Victor Dahan rentre chez lui. Il prépare une petite valise, juste le nécessaire pour une nuit à l'hôtel. Il sort l'extraordinaire objet de convoitise qu'il a découvert dans la matinée. Il le touche, le tourne, le caresse, le sent. Quelle merveille ! Quel bonheur ! Il le dépose délicatement dans son bagage. Il n'est pas question de l'oublier. Il range dans la poche du couvercle de la valise, de quoi écrire. Comme tout écrivain qui se respecte.

Victor est prêt. La voiture a assez de carburant pour faire le trajet. Il prend la route.

Un peu plus de deux heures plus tard, Victor Dahan s'enregistre à l'accueil de l'hôtel Ibis d'Aubenas. Les clés en main, il prend possession des lieux. Le confort est standard, comme bon nombre de chambres de chaînes d'hôtels néanmoins modernes et accueillantes. Un court moment de repos lui suffit avant de se décider à se dégourdir les jambes, au bord de l'Ardèche. Il flâne une heure avant de rentrer à l'hôtel, afin de réserver une table pour le repas du soir. Victor prend une douche rafraîchissante avant de se rendre à l'espace-bar/restaurant de l'hôtel, aux alentours des vingt heures. Il savoure un verre de Jack Daniel's, au bar, tout en observant les autres clients qui arrivent par petits groupes, pour le dîner. Il rejoint sa table et commande un «menu buffet», largement suffisant pour un soir. Victor regagne sa chambre, vers vingt et une heures. Il s'assoit devant la tablette en contre-plaqué qui fait office de bureau et rédige un courrier. Il passe sa soirée devant la télévision, la télécommande à la main. L'écrivain maltraite la «zapette», passant d'un documentaire à une série américaine, puis d'un téléfilm à une émission de téléréalité qui ne sert strictement à rien. Il regarde inlassablement passer les heures. À une heure trente, ayant épuisé tous les programmes de la nuit, il juge qu'il est temps.

C'est en toute discrétion qu'il descend au parking de l'hôtel et en sort à bord de son véhicule. Il prend la direction de Lavilledieu et semble parfaitement connaître la route.

Garé devant le mur de la maison isolée, il attend un moment et observe que tout est calme. Il réfléchit et pense que la meilleure option, pour pénétrer dans la cour, est de franchir le mur d'enceinte de la propriété. Il mesure pas loin de deux mètres ; sa voiture stationnée à proximité lui servira d'échafaudage. Il sait que le portail et la porte d'entrée ne sont jamais fermés à clé, mais il redoute un grincement lugubre du fer forgé à l'ouverture.

Deux heures quinze du matin, rien n'a bougé depuis une demi-heure. Victor monte d'abord sur le capot de sa voiture, puis sur le toit. Il enjambe ensuite le mur et s'assoit dessus. Avant de sauter, il repère s'il y a de quoi l'aider pour faire le chemin inverse. Un vélo est posé contre la façade de la maison. Cela fera l'affaire, il n'aura qu'à le transférer et grimper debout sur la selle pour atteindre le haut du mur. Un jeu d'enfant. Victor saute et atterrit pieds joints dans l'herbe. Il fait un détour par le gazon et, ainsi, évite que les graviers de la cour ne crissent. Il monte l'escalier de pierre et ouvre au ralenti la porte d'entrée. Le vieux bois émet un léger bruit. Afin de ne pas amplifier le grincement en ouvrant plus, Victor se glisse entre le mur et la porte.

À l'intérieur, il regarde autour de lui et ses yeux se posent sur l'escalier qui accède aux chambres. Il est tenté de monter. Tout est vieux dans cette maison et au moindre geste, elle craque de toute part. Le risque de la réveiller est trop important. Il se résigne, puis l'envie est plus forte que la raison. L'écrivain se déchausse afin d'alléger ses appuis et commence l'ascension des marches à pas feutrés. Chaque foulée qu'il entreprend fait grincer les vieilles planches de la montée d'escalier. Plus qu'une marche avant qu'il ne se retrouve à l'étage. En haut, le parquet est recouvert d'un linoléum qui rend les craquements légèrement moins perceptibles. La porte de la chambre est ouverte, il l'aperçoit. Victor se plante au milieu du cadre et la contemple. Elle est là, allongée et nue. Elle dort paisiblement. Elle a changé, beaucoup changé. Elle a pris énormément de poids, elle a presque la musculature d'un homme ; mais elle est belle, aux yeux de Victor et elle l'a toujours été. Quand son regard s'arrête sur les cicatrices, il porte sa main devant sa bouche pour étouffer un cri d'horreur. Il rebrousse aussitôt chemin et redescend dans la pièce principale de la maison.

Sur la table, une pochette de photos est posée, il s'en empare et lève le rabat pour en extraire le contenu. Une vision d'horreur le fait reculer. Elles sont toutes aussi immondes les unes que les autres. Visiblement, un homme est retenu captif et torturé. Mais Victor ne se doute pas, un instant, que l'homme en question se trouve juste sous ses pieds. Le visage est tellement tuméfié, qu'il n'arrive pas à le reconnaître. Victor soupçonne alors le pire. Il remet le tout dans l'enveloppe. En son for intérieur, il connaît le fin mot de l'histoire.

Il se saisit de la lettre qu'il a écrite, le soir même à l'hôtel, la plie en deux et découpe la page. Il froisse la partie écrite et la met au fond de sa poche, fouille dans une autre et en tire un stylo. L'écrivain s'accoude à la table silencieusement et rédige une nouvelle lettre sur la moitié vierge de la feuille.

Enfin, Victor dégage son cou du foulard subtilisé la veille à l'école. Avec beaucoup de soin, il lui donne une forme de hamac et le pend à la patère, derrière la porte d'entrée, juste à côté de la veste de camouflage, déchirée au coude. Il ne peut s'empêcher de passer la main sur le vêtement, en secouant la tête de désillusion. Il glisse ensuite la lettre qu'il vient d'écrire à l'intérieur du carré de soie. Victor repart au cœur de la nuit, sans bruit.

***

Gru se réveille tôt avec une sensation étrange. Comme s'il avait vu un fantôme au milieu de la nuit. Comme si une présence avait veillé sur lui. Il ne perd pas de temps à essayer d'interpréter ses émotions. Il se concocte un solide petit déjeuner qu'il avale en vitesse et remonte s'habiller. Pantalon large noir, chemise à manches longues noire. Les jours les moins noirs, il met du gris! Ses cheveux ébène attachés en queue de cheval ont beaucoup blanchi ces dernières années. Son air triste est figé sur son visage, que les cernes dévorent.

GRU, un sobriquet dont Léo l'avait affublée de sa malice enfantine, tant la ressemblance avec le héros du film *Moi, moche et méchant* était flagrante, à ses yeux. Les enfants ont décidément une imagination débordante et ils aiment ce genre de comparaison. Le monde des adultes les effraie parfois, c'est une façon originale de les remettre au même niveau que le leur et tout devient soudain moins inquiétant.

Gru se prépare pour le grand final. Il a besoin de bougies. Il les retrouve au fond d'un tiroir du buffet, le reste est déjà à la cave. Il pousse la table, ouvre la trappe et descend dans l'antre. Il reste enfermé avec Laurent une bonne partie de la matinée. Les gémissements qui sortent à travers le plancher indiquent que Laurent a survécu. Il est vivant, mais pour combien de temps encore ?

La veille, Gru voyant Laurent sur le point de mourir, lui a fait un massage cardiaque et a réussi à le réanimer. Le bourreau a décidé que l'heure n'avait pas encore sonné. Il lui a sauvé la vie pour la lui prendre à sa façon, comme il l'a prévu, imaginé.

Quelques heures plus tard, quand il refait surface, Gru est en sueur et tremblant. Il referme l'accès, remet la table à sa place et se pose un instant. La tête dans les mains, il la relève fiévreusement, il est assis en face du portemanteau de l'entrée. Horrifié, il se lève d'un bond et pousse un cri strident. Il tremble de tout son être. Les questions fusent dans son cerveau malade. Il s'approche et attrape fébrilement le foulard à pleine main et le papier sur lequel sont inscrits ces quelques mots :

«Ma très chère Marie, je sais qui est ton violeur, j'étais là. Arrête ce jeu de massacre. Ne te fie pas aux apparences et regarde au-delà.»

Son sang se glace dans ses veines. Elle est en état de choc. Ce n'était pas son imagination et encore moins un fantôme. Quelqu'un était bien là, cette nuit.

Qui était là, ce jour d'horreur et ne lui a pas porté secours ? Qui ? Et pourquoi ?

Ce sont les dernières questions que Marie se pose avant de perdre connaissance sur le plancher de la vieille maison.

26

Martin et Jo reprennent espoir, les différentes enquêtes en cours sont sur le point de connaître de nombreux rebondissements. En effet, les recherches de Jo ont «matché». Il n'y est pas allé par quatre chemins. En entrant le nom de Marie Lacombe dans les fichiers de la gendarmerie, il était loin de s'attendre au résultat que lui a donné l'ordinateur. Jo lit en diagonale et traduit à haute voix :

— Marie Lacombe, jeune institutrice à Chabanière, est victime d'une agression sexuelle à son domicile, en 2003, en rentrant de la kermesse de l'école dans laquelle elle exerce. C'est son mari Éric qui la conduit à l'hôpital. La brigade de Saint-Genis-Laval est appelée par le service des urgences de Lyon Sud.

En lisant le rapport, Jo constate que Marie a été laissée pour morte dans le sous-sol de sa maison. Les médecins ont dû réaliser de nombreuses chirurgies et plusieurs mois d'hospitalisation ont été nécessaires. Marie était enceinte de cinq mois. Le fœtus n'a pas survécu aux sévices dont la jeune femme a été la victime et elle a dû subir une ablation de l'utérus. L'anus et le rectum, déchirés, ont dû être reconstruits. Par ailleurs, son visage a été refait intégralement. Les lacérations provoquées par les coups de cutter étaient un moindre mal. Son état psychologique était très alarmant.

Jo n'est pas au bout de ses surprises, quand il lit que la victime n'a pas voulu déposer plainte. Elle n'a pas vu son agresseur et il n'a laissé aucune trace derrière lui, ni sperme, ni salive, ni cheveu. Rien qui aurait pu permettre des comparaisons sur le FNAEG. D'après la déposition de Marie Lacombe, elle ne voulait pas perdre de temps à courir après un fantôme. La brigade de Saint-Genis-Laval a ouvert une enquête, mais elle a fait chou blanc après plusieurs mois d'investigation. L'agresseur court toujours.

Par la suite, Marie a décidé de disparaître de la circulation. Son mari a confié aux gendarmes, qui prenaient régulièrement de ses nouvelles, qu'elle souhaitait faire sa convalescence dans sa maison de famille en Ardèche.

Jo poursuit la lecture et apprend que quelques années plus tard, le nom des Lacombe a refait surface. En allant plus loin dans ses recherches, Jo découvre qu'Éric apparaît au Fichier des personnes recherchées (FPR).

Il continue de survoler. En 2006, trois mails ont été envoyés depuis l'ordinateur portable d'Éric. L'un d'eux était une lettre de démission destinée à son employeur. Un second a été envoyé à ses parents. Le troisième était pour Marie. Dans le courrier destiné à sa famille, il se disait confus, ne plus savoir où il en était. Il relatait son souhait de partir se mettre au vert un certain temps, un an, peut-être plus, il ne savait pas vraiment. Il se disait désolé de faire du mal à ses proches, mais cette retraite lui était indispensable et vitale. Dans la lettre réservée à sa femme, il approfondissait en expliquant qu'il n'arrivait plus à gérer la situation ; que malgré la patience et les efforts qu'il fournissait, il ne voyait pas de progression. Il estimait que sa présence auprès de Marie, durant les week-ends et les vacances, représentait sans doute un obstacle à sa guérison. Son absence et la solitude qu'elle recherchait lui seraient certainement bénéfiques.

Éric était parti, comme ça, en prenant ses papiers et son passeport. Marie s'était présentée à la gendarmerie pour les alerter. Dans un premier temps et après lecture de la lettre, les gendarmes lui avaient expliqué que si tel était son choix, ils ne pouvaient rien faire. Éric était majeur et libre de ses faits et gestes. Les parents d'Éric ne s'étaient pas satisfaits de cette thèse. À leur tour, ils s'étaient rendus à la gendarmerie, bien déterminés. Ils avaient la conviction qu'Éric n'aurait jamais agi de la sorte. Il n'avait pas ce tempérament, il n'aurait pas laissé dans l'inquiétude, ses parents et sa femme dépressive. Ils avaient alors demandé qu'une Recherche dans l'intérêt des familles soit faite. Devant une telle détermination, la RIF avait été lancée. Après plusieurs mois d'enquête, rien d'anormal n'avait été constaté, hormis le fait qu'il n'y avait pas eu d'opérations bancaires effectuées. Les gendarmes avaient avancé qu'Éric Lacombe pouvait avoir ouvert un autre compte, ailleurs, sous un nom différent du sien. La gendarmerie avait délivré un certificat de «vaines recherches» à la famille et inscrit Éric Lacombe au FPR.

Jo découvre alors qu'à cette même période, Marie a changé d'identité. Probablement pour effacer ce mauvais chapitre de sa vie. En parcourant le rapport de la brigade de Saint-Genis-Laval, un détail important ne lui échappe pas. L'identité complète de Marie y est notée. Madame Lacombe Marie-Lyne née Escoffier. Marie Lacombe a donc repris son nom de jeune fille et choisi de se faire appeler par ses deux prénoms. Marilyne Escoffier.

***

Les années ont passé et Marilyne est méconnaissable. Le temps, la chirurgie, la dépression et les médicaments l'ont transformée. Consciente de ce changement, elle se dit que le moment est bien choisi, pour essayer de reprendre une vie qu'elle qualifie de «normale». C'est ainsi qu'elle reprend la direction de l'école Les Tilleuls. Ce ne sont plus les mêmes collègues qu'à l'époque. Les enseignantes, sous le choc, ont toutes demandé leur mutation après le drame. Rares sont les anciennes familles encore présentes qu'elle a pu côtoyer. Trois ou quatre, tout au plus. Tout le monde considère la nouvelle directrice et ce récent statut lui plaît bien.

Rassurée sur le fait que personne ne la reconnaît, elle commence sa carrière avec sérénité et confiance. Marilyne peut enfin se consacrer à son travail et tourner le dos à son passé torturé. Elle passe le plus clair de son temps à l'école, arrive tôt et repart tard ; cela lui permet de s'occuper l'esprit. Elle rentre à l'heure des repas le soir, elle prend une douche et se pose exténuée dans son fauteuil, avec un bon livre pour la soirée. Sa vie sociale reste désertique et c'est ce qu'elle souhaite. Elle tient à conserver cette discrétion qui lui est si particulière. Une pensée ou une parole de trop pourrait anéantir tout le travail qu'elle a fait en amont. L'équipe éducative comprend très vite le message et se résigne à ne poser aucune question plus ou moins personnelle.

Marilyne a gardé sa vieille maison d'Ardèche. Elle aime s'y rendre à chaque période de vacances scolaires, ainsi que les week-ends. Même ce détail est ignoré de son entourage professionnel. C'est son jardin secret et nul n'y mettra les pieds. Elle arrange son petit paradis petit à petit, à son rythme et au gré de ses envies.

**

En fouillant encore, Jo découvre qu'elle possède un compte sur un réseau social. Elle ne s'en sert visiblement jamais et n'a qu'un seul «ami» : Victor Dahan. Ils se voient dans le cadre du travail, rien d'anormal, en somme. Depuis la création de son compte, une seule photo a été postée sur son mur. Un jacuzzi trônant sur une dalle dont le tour a été fraîchement engazonné. La photo est accompagnée d'un commentaire : «Quelle satisfaction de faire les choses soi-même! Bien contente, je vais pouvoir en profiter prochainement!» Marilyne n'est pas addicte aux réseaux sociaux. Elle s'est aperçue, en acceptant l'invitation de Victor, que cela engendre de nouvelles connaissances et ce n'est pas du tout ce qu'elle veut. Elle coupe court à cette expérience, mais ne ferme pas son compte pour autant. C'est ainsi que

Jo comprend que Marilyne possède une résidence secondaire, mais il n'a aucune idée de l'endroit. La photo montre le fameux jacuzzi et une partie de la façade et de la cour. Il imprime la photo.

Jo termine ses investigations en épluchant les relevés bancaires de Marilyne et de Laurent, ainsi que leurs relevés téléphoniques. Cette fois encore, son travail acharné paie. Laurent et Marilyne ont effectivement communiqué, mais uniquement deux fois chacun. Insuffisant pour extrapoler une éventuelle liaison. Toutefois, leurs téléphones ont émis ensemble sur le même relais : celui d'Aubenas. La théorie que Laurent ait fait une course pour Marilyne tient désormais la route. Laurent a-t-il eu un accident en rentrant ? Une nouvelle piste à vérifier. Martin ne perd pas de temps et contacte les différentes brigades qui se trouvent sur la route. Il n'en résulte rien de probant. Aucun accident impliquant un taxi n'a été signalé.

Quant à Marilyne, le relevé de sa carte bancaire indique que celle-ci a été utilisée plusieurs fois dans l'épicerie de Lavilledieu, deux jours après la prétendue disparition. Une aubaine pour les gendarmes de la SR. Quelque chose ne tourne pas rond. Martin et Jo prennent la décision de se rendre sur place à Lavilledieu, munis de la photo représentant une partie de la maison et une autre de Marilyne.

Avant de prendre la route pour l'Ardèche, Martin et Jo, accompagnés de la fidèle Perdy, font un détour par l'école de Léo et de Marilyne. Les enquêteurs étant maintenant bien connus de la directrice de substitution, elle leur ouvre le portillon avant même qu'ils aient le temps de sonner. Pendant ce temps, la petite chienne garde la voiture avec le plus grand sérieux.

En entrant dans l'école, les deux enquêteurs sont surpris de voir la maman de Léo sur les lieux. Ils la saluent et engagent la conversation :

— Bonjour, madame Charvet. Nous sommes ravis de vous voir. Comment allez-vous ? fait Martin, timidement. Nous allions passer vous voir après notre visite ici même, afin de vous informer de nos intentions, suite aux recherches que l'adjudant Maurici a effectuées. Venez, nous allons nous mettre dans le bureau de la directrice, nous y serons plus tranquilles pour parler.

— De quoi s'agit-il ? Vous avez des nouvelles de mon mari ? Où est-il ? Moi, je suis juste venue récupérer les affaires de mon Léo et…

— Asseyez-vous, s'il vous plaît, et détendez-vous, nous allons vous expliquer. Jo, tu veux bien ?

Jo acquiesce, s'installe en face de Céline et commence à lui révéler les résultats de ses recherches. Au fur et à mesure, Céline s'affaisse sur la chaise, désorientée. Elle approuve le déplacement que l'adjudant Maurici s'apprête à faire avec l'adjudant-chef Bellamy et lui fait promettre de l'appeler quoi qu'ils découvrent, à n'importe quel moment.

Martin, de son côté, demande à l'enseignante qui est maintenant habituée à accueillir les agents de la SR, à visiter la classe de Marilyne Escoffier. L'objectif étant de trouver la fameuse boîte des objets confisqués. Le coffre aux trésors enfin localisé, Martin fait appel à l'aide précieuse de Chloé. Mais la gamine n'identifie rien qui puisse appartenir à son ami Léo. En revanche, elle écarquille les yeux de joie, en retrouvant un beau bracelet de perles multicolores dont la maîtresse l'avait dépouillée. Martin craque devant le regard suppliant de la fillette. Il se baisse, lui rend son bracelet en mettant le doigt sur sa bouche, pour lui signifier de garder le secret, puis porte l'index à sa joue. Chloé sourit et se hisse sur la pointe des pieds pour lui faire un bisou. Elle remet son merveilleux bijou autour de son bras et rejoint la classe qui accueille les enfants, durant l'absence inexpliquée de Marilyne. Elle se retourne une dernière fois sur Martin qui la regarde s'éloigner en sautillant. Aucun objet appartenant à Léo ne se trouve dans la fameuse boîte. La thèse des deux gendarmes se confirme petit à petit.

Martin et Jo sont sur le point de sortir de l'école, quand ils entendent un cri provenant du bureau de la directrice. Ils se retournent, c'est Céline. Elle est choquée, une photo à la main.

— Oh, mon Dieu !

Martin lui prend le cliché des mains. C'est une photo de classe datant de mai 2003. Céline a tiré les affaires de Léo qui se trouvaient sur une étagère, à l'emplacement indiqué par la directrice adjointe. Une pile de souvenirs de classe est tombée. En les ramassant soigneusement, la maman de Léo a défailli devant celle-ci.

— Vous voyez, là ? Vous voyez comme moi, c'est Mascotte sur les épaules de cette femme ! Qui est-ce ? sanglote Céline.

— C'est... Marilyne Escoffier, quand elle était encore Marie Lacombe, répond Martin.

— Mais, je ne comprends pas, pourquoi porte-t-elle le foulard de Léo ? En 2003 ? Léo n'était pas né et on ne connaissait pas cette personne !

— C'est peut-être une simple coïncidence, qu'elle possède un foulard identique à celui de Léo, mais nous avons une autre hypothèse qui mérite vérification. Nous ne pouvons malheureusement pas vous en dire plus, pour le moment.

— Non, ce n'est pas une coïncidence ! Ce foulard est rare et très cher et il en existe de plusieurs coloris, je m'étais renseignée quand Laurent l'avait trouvé dans le taxi.

— Nous devons partir, madame Charvet, on a de la route à faire. On vous tient au courant.

— Où allez-vous ? Où se trouve mon mari ? Répondez-moi !

La directrice adjointe, entendant les cris de Céline, arrive à la rescousse. Elle prend la maman en pleurs par les épaules et fait un signe de la tête aux gendarmes, pour leur confirmer qu'elle gère la situation.

Martin et Jo rejoignent la voiture sur le parking. À la vue de ses deux amis, Perdy frétille de joie et se met à couiner. Martin décrypte aussitôt le message.

— Allez, viens et fais ce que tu as à faire, ensuite on part !

— Tu nous fais un «remake» à la Robert Redford ! L'homme qui murmurait à l'oreille de son chien ! Mais,

ne te la pète pas trop, t'es plus Robert que Redford!!
plaisante Jo.

— Tu rigoles, mais c'est un spécimen, ce chien! Tu
ne peux pas faire autrement que de le comprendre, c'est
inouï! réplique Martin, tout en refermant la portière
derrière la chienne qui vient de reprendre sagement sa
place, sur le siège arrière.

Le trio file maintenant, pour rejoindre l'A7.

27

Le trajet est plutôt silencieux. Quelques banalités, histoire de combler un peu le vide. La théorie des deux coéquipiers demande à être vérifiée. La concentration est de mise, c'est comme cela qu'ils fonctionnent. Seules les mélodies de Calogero résonnent dans l'habitacle de la voiture de gendarmerie. Jo conserve des CD de son idole dans le véhicule de fonction. Toutefois, la petite chienne reste à l'affût. Elle regarde au travers des vitres, comme si elle redoutait quelque chose. Elle se met à gémir en donnant des coups de langue à Martin. Cela fait maintenant une heure et demie qu'ils roulent, la chaleur caniculaire insupporte Perdy malgré la climatisation. Martin décide de s'arrêter afin que sa petite protégée se désaltère. Depuis qu'il a adopté sa chienne, Martin prévoit toujours une bouteille d'eau et un bol en plastique, dans la voiture.

Deux ou trois lapées suffisent pour contenter l'animal. Elle reste aux pieds de Martin. Il a beau tenter de l'envoyer plus loin pour satisfaire ses besoins, elle s'obstine à ne pas le quitter. Martin décrète qu'ils peuvent reprendre la route.

Un panneau de signalisation indique que Lavilledieu n'est plus qu'à trois kilomètres. Martin et Jo se regardent alors et brisent le silence.

— On commence par l'épicerie ? demande Jo.

— Oui! Et qui sait? Peut-être qu'ils pourront nous indiquer où se trouve la maison.

Ils se garent sur le petit parking et s'engagent tous les deux dans la boutique. Une clochette tinte à l'ouverture de la porte. Un homme bedonnant, d'un âge avancé, se présente avec des loupes en guise de lunettes. Il n'est pas très avenant et donne l'impression de rire quand il se coince les doigts dans une porte.

— Bonjour.

— Bonjour, monsieur. Section de Recherche de Lyon. Connaissez-vous cette personne? demande Martin en montrant la photo de Marilyne Escoffier. Elle a fait des achats dans votre épicerie, récemment.

— De Lyon? Qu'est-ce qui vous amène jusque-là?

— Répondez à ma question, s'il vous plaît.

— Faites voir un peu!

L'homme prend la photo des mains de Martin et se la colle devant le nez.

— Ah! Cette dame-là? Oui, oui, bien sûr qu'elle est venue! Elle a acheté quelques provisions et ensuite j'l'ai pas revue!

— Vous savez où elle habite ?

— Ah, non! Vous savez, j'pense qu'elle vient là en dépannage, alors du coup, on cause pas trop! P't'être qu'à la boulangerie y z'en savent mieux! Même encore mieux, j'vous dirais d'aller à la mairie! Sont bien censés connaître tous leurs administrés, non?

— On va faire comme ça. Je vous remercie de votre coopération. Au revoir, monsieur.

— C'est ça, au revoir, messieurs !... Mais, attendez, dites-moi, comment vous savez qu'elle est venue dans ma boutique ?

Jo lui sourit et lui répond :

— Ce serait trop long à vous expliquer, monsieur. Mais, sachez que rien ne nous échappe. Bonne journée ! fait-il en lui lançant un clin d'œil.

La boulangerie n'est qu'à quelques dizaines de mètres. Une petite viennoiserie est finalement la bienvenue. Ils ont tous les deux un petit creux. Tout en payant le pain au chocolat et le pain aux raisins, Martin pose la même question qu'à l'épicier. La boulangère, qui arbore un maquillage un peu trop chargé et une silhouette aussi dodue que les miches de son présentoir, est beaucoup plus bavarde que le commerçant précédent.

— Oui, certainement que nous la connaissons ! Une femme charmante ! Elle vient depuis de nombreuses années ! Une cliente souriante. Mais, c'est vrai qu'hier, elle paraissait fatiguée. Vous savez, je crois qu'elle a eu beaucoup des soucis de santé, la pauvre dame ! Je trouve qu'elle est très courageuse ! Pas vous ?

— Heu, oui, sans aucun doute ! réagit Martin déjà saoulé par les bavardages de la boulangère. Et, savez-vous quelle est son adresse ?

— Oui, je vais vous expliquer !... Mais dites-moi, rien de grave au moins ? Parce que…

— Non, pas du tout, juste une formalité administrative.

Rassurée, la commerçante indique la route pour rejoindre la maison de Marilyne. À peine deux kilomètres et d'après les explications, ils ne peuvent pas rater la bâtisse.

La maison est effectivement visible de loin. Les gendarmes ne s'approchent pas afin d'éviter d'être repérés dans leur voiture de fonction. Un chemin perpendiculaire à la rue désertique fait face à la maison. Le feuillage épais des châtaigniers et des haies font un excellent camouflage.

Martin, Jo et la chienne sortent en silence se dégourdir les pattes. Tous les deux, munis de jumelles, scrutent la propriété. Il est presque treize heures et rien ne bouge à l'extérieur. La maison est plutôt jolie, ancienne mais jolie et le terrain est presque entretenu, contrairement au domicile principal de Marilyne, à Chabanière, où tout n'est que friches et délabrement. Quel étrange paradoxe ? Les couleurs florales et la verdure égayent la vieille demeure. Le gravillon jaune donne de l'éclat à la propriété. Un jacuzzi incite à la détente et la tranquillité. Un havre de paix qu'elle prend apparemment plaisir à essayer d'entretenir.

Les gendarmes profitent de ce calme pour grignoter les viennoiseries achetées un peu avant et se réhydrater en buvant de longues gorgées au goulot de leur bouteille d'eau. Dans le même temps, ils appellent leurs collègues d'Aubenas et les informent de la situation. Une unité de renfort leur sera utile.

Aux alentours de quatorze heures, alors qu'ils ont les jumelles rivées sur la maison, Marilyne en sort en paréo et se dirige vers le jacuzzi. Elle ôte son pagne et s'immerge dans le bain à remous. Martin et Jo sont choqués par la vision des cicatrices qu'elle porte sur son corps.

— Merde ! Tu vois ça Martin ?

— Oui, c'est pas beau à voir.

— Le salopard, il ne l'a pas ratée !

Ils se taisent, effarés par la violence qu'elle a dû subir, onze ans plus tôt.

Détendue, Marilyne reste une bonne heure à barboter dans les bulles. Quand elle en ressort, Martin et Jo décident qu'il est temps de passer à l'action. Ils font appel aux renforts, en rappelant la brigade d'Aubenas. Ils réintègrent leur voiture, ressortent sur la route qui mène à la maison.

Marilyne ne se doute pas un instant de ce qui est en train de se tramer. Elle remonte se changer dans sa chambre. Elle enfile un pantalon noir et une chemise tout aussi noire. Elle s'apprête à sortir et active l'ouverture du portail. Martin et Jo profitent de l'occasion pour s'engouffrer dans la cour, avec la Mégane. La directrice est aux quatre cents coups, quand elle entend la voiture se garer en trombe sur les graviers. Elle regarde par la fenêtre et son sang ne fait qu'un tour.

— Putain de merde ! Qu'est-ce qu'ils foutent là, ces connards ? Concentre-toi, concentre-toi ! Il faut rester tranquille. Reste zen et naturelle ma grande, et tout se passera bien. L'autre est dans le cirage, il ne peut pas faire de bruit. Ah, oui ! Juste… Juste, il faut que je prenne… ça ! Merde, merde, fais chier !

Elle sort le pistolet de sa commode, le glisse en tremblant dans la ceinture de son pantalon et cache le tout avec sa chemise longue, tombant par-dessus.

Martin, Jo et Perdy sont en bas de l'escalier, lorsque Marilyne les rejoint, d'un pas hésitant.

— Mademoiselle Escoffier ? Ou devrais-je dire Marie Lacombe ?... Gendarmerie nationale.

— Quoi ? Qu'est-ce que... Comment savez-vous ? Oui, je vous reconnais, mais que faites-vous ici ? Comment avez-vous eu cette adresse ?

— Mademoiselle Escoffier, nous sommes de la Section de Recherche, je crois que c'est assez explicite ! Nous vous recherchons depuis plusieurs jours. Vos collègues se sont inquiétées de votre silence.

— Mon silence ? Mais qu'est-ce que c'est que cette histoire ? J'ai envoyé un message à l'Inspecteur de l'Éducation nationale, ainsi qu'à l'école. Je leur ai signalé que j'avais un souci dans la maison et que cela ne pouvait pas attendre !

— Personne n'a reçu de message de votre part et vous n'étiez pas joignable sur votre portable.

— Alors, ce n'est qu'un problème informatique, y a pas de quoi fouetter un chat ! Je rentre demain et je réglerai ça avec l'Inspecteur. Quant à mon portable, je l'ai égaré !

— Laurent Charvet fait également l'objet d'une disparition inquiétante, et tout laisse à penser que vous vous êtes contactés récemment. L'avez-vous rencontré ?

— Bien entendu ! C'est lui qui m'a conduite jusque-là, ma voiture est en panne dans mon garage. Mais il est reparti aussitôt, il devait faire une course du côté de Montélimar, je crois ! Je suis désolée, mais je ne peux pas vous aider. Avec ce qu'il vient de vivre, il avait peut-être besoin d'un peu d'air, vous ne croyez pas ?

Pendant ce temps, Perdy s'acharne à flairer sous la porte extérieure de la cave et se met à gratter férocement, tout en grognant. Marilyne s'en rend compte et s'énerve.

— Bon sang, mais retenez ce foutu chien ! Il est en train de pourrir mon gravier et ma porte !

— Il y a quelque chose là-dedans ? fait Jo.

— Oui ! Un jambon de campagne, il a dû le sentir ! Mais arrêtez-le, j'vous dis !

— Marie, il est temps de tomber le masque, nous connaissons votre histoire.

— Quelle histoire ? De quoi vous parlez ? Dégagez ce putain de chien ou je le flingue !

Marie extirpe son revolver de la ceinture de son pantalon et vise le chien. Martin et Jo ont tous les deux la main posée sur l'holster, prête à en sortir leur Sig Pro SP2022. Martin essaie de négocier :

— OK, du calme ! Je la rappelle, mais vous baissez votre arme ! Perdy ! File ! ordonne Martin à la chienne avec un geste de la tête qu'elle comprend tout de suite.

— Génial, maintenant, vous posez vos flingues au sol ! exige Marie. Comment vous avez su ?

— On a retrouvé des photos sur lesquelles vous portez le foulard de Léo.

— Mon foulard, connard ! hurle-t-elle. Avec lequel tout a commencé et tout finira.

Martin et Jo n'ont toujours pas déposé leur arme. Le fait de devoir parler, visiblement, fait oublier le reste à Marie. Elle a du mal à se concentrer sur deux choses en même temps. Ils l'ont tous les deux compris et tentent d'en jouer.

Jo est tout proche de la porte de la cave. Un minuscule fenestron se trouve à côté. Il espère s'en rapprocher pendant que Martin tente le dialogue avec Marie.

— Marie, vous faites erreur ! réplique Martin en sachant pertinemment ce qu'il fait.

La suite ne se fait pas attendre. Marie déballe son sac et Martin ne l'arrête pas.

— Erreur ! Mais c'est ce pourri qui a fait l'erreur de laisser son môme se trimballer avec mon foulard ! Oui, c'est bien le mien, il a des marques que j'aurais reconnues entre mille ! C'est comme ça que j'ai compris que c'était lui, cette sous-merde qui m'avait violée et défigurée. Enfin, je le tenais, un cadeau tombé du ciel ! avoue-t-elle l'arme pointée sur Martin.

— Pourquoi Léo ? Ce n'était qu'un enfant.

— Oui, un gosse que moi je n'aurai jamais plus ! Il a tué celui que je portais, alors j'ai voulu que ce salopard paie pour ça ! Il ne méritait pas cet enfant. Le voir tous les jours, avec mon foulard accroché à son cartable, était une torture. Je revivais quotidiennement ce qu'il m'avait fait subir onze ans auparavant. Pendant neuf mois, j'ai préparé ma vengeance ! Le temps qu'il faut pour avoir un enfant. Mais tout n'a pas fonctionné comme je le souhaitais.

— Vous aviez prévu que Laurent serait inculpé pour le meurtre de son propre fils.

— Oui, j'avais loué la même voiture que lui et fait en sorte qu'on la voit sortir du chemin.

— Le porte-clés ? demande Martin, la main toujours prête à dégainer.

— Je l'avais confisqué à Léo. Il m'avait dit qu'il appartenait à son père. Je n'ai eu qu'à le déposer sur les lieux. Alors, quand vous l'avez relâché, il a fallu trouver une autre alternative et j'ai improvisé.

— C'était bien pensé, mais les preuves étaient insuffisantes pour l'inculper. Où se trouve Laurent, Marie ? Je ne crois pas qu'il soit reparti d'ici. Ce n'est pas votre agresseur. Il a trouvé le foulard dans son taxi.

— Mensonge ! Vous protégez cette ordure ! Il n'a eu que ce qu'il méritait !

Puis, tout s'enchaîne en quelques secondes. Jo perçoit un léger gémissement provenant de la cave. Il se tourne vers Martin qui comprend le message de son coéquipier. Marie interprète à son tour leurs pensées réciproques et sait, à cet instant précis, que tout est fini. Elle tente de lever son bras. La chienne, à l'écart, mais qui ne perd pas une miette de ce qui est en train de se passer, lui bondit dessus. Le coup part. Marie est à terre ; elle n'a pas lâché son pistolet. Elle vise à nouveau Martin. Il tire. Marie s'écroule, atteinte au niveau de la jambe. Le Remington lui échappe. Martin est à quelques mètres et se précipite afin d'éloigner l'arme. Marie roule sur elle-même et attrape le pistolet, le porte contre sa tempe et appuie sur la détente.

— Noooon ! hurle Martin.

Marie gît dans une flaque de sang, le crâne éclaté par l'impact de la balle. Une partie de son visage est déchiquetée.

Les sirènes des renforts se font entendre au loin et transpercent le silence. Martin se retourne en appelant :

— Jo ? Ça va pour… Non ! Merde, Jo, réponds-moi ! Réponds-moi, Jo !

Martin panique en accourant auprès de son ami. Perdy est allongée à ses côtés, la tête sur sa poitrine.

Maurici a pris la balle destinée à Martin. Quand la chienne a sauté sur Marie, le tir a été dévié. Jo est touché à l'épaule. Il respire.

La brigade d'Aubenas arrive enfin sur place. Quatre hommes proches de la retraite sortent du véhicule. Martin laisse alors éclater sa colère.

— Mais bordel, qu'est-ce que vous foutiez ? Quand on demande du renfort, c'est pour tout de suite ! On a un homme à terre, appelez les secours, merde ! Dans la cave, il faut aller dans la cave, il y a quelqu'un ! Bougez-vous, merde !

La brigade ardéchoise peu habituée à ce genre d'opération musclée est sous le coup de cette vision de carnage. Les hurlements de Martin suffisent à la faire réagir.

Martin reste auprès de Jo qui émerge enfin. Il tente de se relever, il n'est visiblement pas en urgence vitale, mais son collègue l'en dissuade.

— Arrête, mon Jojo ! Reste tranquille, les secours arrivent.

— Marie Lacombe ?

— Elle a retourné l'arme contre elle. C'est fini.

— Je, aïe! Merde, ça fait un mal de chien! Je l'ai entendu, il est là-dedans! On doit aller voir.

— Les collègues y vont. Viens, je t'aide à te lever pour leur laisser le passage. On ira, s'ils le trouvent. Repose-toi, pour l'instant.

Bellamy aide Maurici à se redresser. Ils font quelques mètres et s'assoient contre le jacuzzi. Perdy les suit de près et s'allonge contre Jo. Maurici pose sa main sur la chienne et la caresse tendrement.

— T'inquiète, ma vieille, je ne t'en tiens pas rigueur. Tu ne pouvais pas deviner la trajectoire de cette foutue balle.

Elle le regarde d'un air coupable, puis pose son museau à la base de la dalle supportant le jacuzzi. Elle se met à renifler, fort, très fort. Elle se relève d'un bond et se met à gratter. Il ne lui faut pas longtemps pour creuser un trou qui lui permet d'y enfouir sa tête.

— Martin, il y a un truc là-dessous!

— Oui, et ça ne doit pas être un jambon! Content que tu reconnaisses enfin les talents de ma Louloute! Hé, les gars! Il faut demander du matériel et exploser tout ça, la chienne a senti quelque chose! fait Martin.

La porte extérieure de la cave résiste aux coups de bélier. Les gendarmes font le tour de la maison en espérant y trouver une autre issue. Jo se sentant légèrement mieux, persuade Martin qu'il peut le suivre à l'intérieur, la chienne sur leurs talons. Ils entrent et en repoussant la porte derrière eux, tombent sur la veste de camouflage trouée et le foulard pendus à la patère. Le tout est mis sous scellés, peu après.

Perdy se remet à gratter vigoureusement sous la table en couinant. Martin et Jo se penchent et découvrent la trappe.

Bellamy bouscule la table, un morceau de papier griffonné en tombe. Il le lit tout en le laissant au sol et en faisant signe aux gendarmes de l'emballer. Il tire sur l'anneau de la planche de bois pour ouvrir. Maurici, malgré la douleur qui le tiraille, ordonne aux collègues et aux services de secours venant d'arriver, de rappliquer dare-dare.

À la lumière de leurs torches, ils descendent, arme au poing.

Ils découvrent l'enfer.

Tous sont horrifiés par la vision de la scène macabre, en pénétrant dans l'antre du diable.

Une puanteur épouvantable se dégage de la cavité. Le tableau laissé par Marie est immonde et inhumain. Laurent est allongé sur un établi de bois, immobilisé par des sangles. Ses genoux sont repliés sur son abdomen, attachés eux aussi, pour maintenir la position. Une sorte de main crochue sort de son anus. Tout en se rapprochant et en rassurant Laurent, Martin constate que l'objet en question s'avère être une griffe à dents, un petit outil de jardinage. Le manche de l'engin est entièrement enfoncé dans son orifice anal. Les pompiers font immédiatement le nécessaire avec le plus grand soin, pour soulager le supplicié, ce qui provoque une hémorragie. Laurent pousse alors un cri venant d'outre-tombe.

Lorsque les urgentistes lui abaissent enfin les jambes, ils ne sont pas au bout de leur surprise. Le pénis et les testicules de Laurent sont recouverts d'une épaisse couche de cire. Ses parties génitales ne sont plus visibles. Marie a versé de la paraffine bouillante, afin de former une coque. Le pire est à craindre et personne n'ose imaginer les dégâts qui se cachent en dessous.

Au fur et à mesure, les plaies se dévoilent sous les yeux effarés de tous. Les doigts de Laurent sont écrasés et noirs. Le marteau qui a servi à ce massacre est toujours à proximité. Son crâne porte les stigmates que la pelle encore ensanglantée a provoqués. Le cutter ayant servi aux lacérations est à son tour découvert.

La crasse ayant recouvert le corps de Laurent, ce n'est qu'au moment de son évacuation par l'extérieur que Martin remarque quelque chose sur son torse. La lumière du soleil laisse apparaître des traits noirs. Il n'ose pas passer sa main gantée dessus. La poussière s'envole au contact d'un léger souffle de vent et laisse entrevoir «VIOLEUR» en lettres de feu.

Le diable existe et n'apparaît qu'à celui qui le craint. Il ne se contente pas de rester en enfer, il se cache dans les détails les plus infimes. Nous avons tous des démons intérieurs, certains d'entre nous sont davantage contaminés que d'autres. Ceux-là s'animent à vendre leur âme au diable, qui a toujours besoin d'un compagnon de route. Alors, le diable s'occupe d'eux et eux des autres.

28

Les troubles bipolaires dont souffrait Marie Lacombe lui ont fait perdre la raison. À la vue du foulard accroché à la poignée du cartable de Léo, dès le premier jour de la rentrée, un désir de vengeance s'est immiscé dans son cerveau malade. Plus rien ne pouvait arrêter la croisade qu'elle avait entreprise, pour retrouver le monstre auquel elle avait eu affaire onze ans auparavant. Persuadée de la culpabilité de Laurent et sans se poser plus de questions, elle a jeté les dés et la traque a pu alors commencer. Neuf mois à préparer sa vendetta et élaborer le châtiment qu'elle réservait à celui qu'elle croyait son bourreau.

Marie avait sans aucun doute envisagé l'issue de son parcours meurtrier. Elle n'a pas hésité une seconde à appuyer sur la détente de son Remington afin de mettre un terme à toutes ses souffrances. Jamais elle n'aurait terminé sa vie derrière les barreaux d'une maison d'arrêt. Elle venait de passer de nombreuses années dans SA prison. Son corps et sa tête étaient son propre univers carcéral. Depuis ce jour de juin 2003, elle en avait pris pour perpète.

Malgré sa fin tragique, Marie dévoile son dernier secret.

Suite à la demande de Martin et Jo, de démanteler la dalle sur laquelle repose le jacuzzi, le matériel arrive rapidement. Il ne faut que peu de temps au marteau-piqueur pour faire céder l'épaisseur de béton. Des ossements sont découverts. Les toutes premières constatations faites sur place démontrent qu'il s'agit d'un homme. L'identité du squelette ne laisse plus de place au doute. En exhumant les restes, les papiers de la dépouille sont retrouvés à leur tour. Il s'agit d'Éric Lacombe, l'époux de Marie, mystérieusement disparu en décembre 2006. Le contenu du caveau de fortune est envoyé à l'IML de Lyon. Quelques semaines seront nécessaires pour procéder aux comparaisons d'ADN, donner un nom et une sépulture décente à celui qui paraît être la première victime de Marie.

Jo, quant à lui, est évacué au Centre hospitalier d'Aubenas. La balle a traversé son épaule. Quelques coups de bistouri et une nuit en observation suffisent à le remettre sur pied. Martin est resté à son chevet, jusqu'à ce que le chirurgien donne son accord pour sa sortie. Il connaît parfaitement son coéquipier et s'est douté que Jo ferait son possible pour ne pas passer la nuit à l'hôpital. C'était sans compter sur la ténacité de Martin.

Laurent est héliporté au Centre des grands brûlés de Lyon, dans un état critique et préoccupant. Céline est avertie de la situation alarmante par la brigade de Mornant. Elle est dévastée par ce que lui apprennent les gendarmes. Sous le choc, elle fait une crise d'hystérie et est transportée à son tour par les pompiers, à Lyon-Sud.

C'est la consternation dans le village de Chabanière. La communauté est ébranlée. Le maire, rentré de son voyage après les incidents perpétrés le soir du meurtre de Léo, n'en mène pas large. Il craint de nouveaux débordements. Pour la sécurité des enfants, il prend la décision de fermer les écoles, jusqu'à ce que la tension retombe. Des rondes de jour et de nuit calment assez vite le jeu, l'heure n'étant plus aux affrontements pour retrouver un meurtrier, mais à comprendre l'ambiance générale qui plane sur le village. Étrangement, il règne une sorte de confusion. Les émotions s'entrechoquent et personne ne sait vraiment que penser de cette affaire tristement sordide. Haine et compassion se télescopent. Une fois n'est pas coutume, mais contrairement à la profusion de ragots colportés habituellement, les villageois sont silencieux, muets sur le sujet devenu tabou. Ils ont tout simplement peur de leurs opinions. Leur conscience en prend un sacré coup ; leur instinct fait bêtement le reste.

Dans la cour de l'école, de nombreuses petites bougies étincellent, juste des bougies. À qui sont-elles destinées ? Pas de poèmes, pas de photos, ni de peluches. Brillent-elles pour Léo ? Scintillent-elles pour Marie Lacombe, plus connue sous le nom de Marilyne Escoffier ? C'est là, toute l'ambiguïté de la confusion d'un village vivant autrefois dans la même égalité d'âmes.

Cette affaire est, pour Martin, un échec. Son dénouement dramatique et pathétique l'a quelque peu secoué.

Il y a tant de questions qui se bousculent dans sa tête. Auraient-ils pu éviter un tel scénario ? Rien n'est moins sûr. Marie était prête à tout pour assouvir sa soif de vengeance, quitte à commettre une terrible et irréversible erreur. Sa maladie a pris le dessus, les phases maniaques de plus en plus fréquentes ont sournoisement altéré son comportement. Pour l'heure, son véritable agresseur court toujours dans la nature. Sera-t-il un jour rattrapé par son passé, par ses démons ?

Bellamy et Maurici n'ont pas encore joué leur dernière carte et ne comptent pas se satisfaire de cette issue désolante.

Martin s'apprête à rejoindre les montagnes du Vercors qu'il aime tant, pour le week-end, avec sa petite chienne. Il a besoin d'une pause, de se mettre au vert. Il souhaite remettre les compteurs à zéro et prendre du recul, afin d'envisager la suite de ces terribles événements. Il persuade Jo de le suivre pour se refaire une santé. L'hôtel possède un espace bien-être qui convient parfaitement à la détente de son acolyte en convalescence. D'abord réticent et recherchant plutôt le calme, Maurici finit par accepter l'offre de Bellamy ; celui-ci parvient à le convaincre en lui promettant le calme avec un grand «C». De plus, il ne connaît la région que par les récits toujours élogieux de Martin.

À leur arrivée à Chichilianne, en fin d'après-midi, Jo écarquille les yeux d'émerveillement. Martin a raison, c'est magnifique. Après avoir déposé leurs bagages dans leur chambre respective, ils se rejoignent au bar de l'hôtel autour d'une bière rafraîchissante. Martin a bien l'intention de faire visiter le coin à Maurici : le programme est établi. Mais il est déjà tard, Perdy demande à aller courir. C'est justement ce dont a besoin Bellamy. Il va faire le vide en courant sur le sentier du Pas de l'Aiguille, comme à son habitude. Maurici, de son côté, est ravi de profiter du « spa » mis à disposition par l'hôtel. Ils ont prévu de se retrouver au restaurant, vers vingt heures. Tous deux remontent dans leur chambre et passent les tenues adaptées à leurs activités respectives.

Tandis que Maurici se prélasse dans l'espace bien-être, Bellamy accompagné de sa fidèle Perdy entame l'ascension du Pas de l'Aiguille, en petites foulées. La chienne est excitée comme une puce devant toute cette nature et ce sentiment de liberté. Elle cavale, fait d'innombrables aller-retour, mais finit par calmer son enthousiasme tant la pente est raide. Martin et Perdy continuent leur progression vers le sommet, maintenant côte à côte. Le point culminant n'est plus très loin. La chienne tire une langue tellement longue, qu'elle peut bientôt marcher dessus. Martin fait une pause et donne à boire à sa protégée. Celle-ci redémarre au quart de tour et prend de nouveau de l'avance sur son maître. Il ne reste plus qu'une centaine de mètres à parcourir pour atteindre le sommet où se trouve le mémorial. La chienne est loin devant. Juste avant d'arriver, un hurlement résonne dans la forêt. Un loup. Martin se fige et attend, le cœur battant la chamade d'excitation. Un autre hurlement, il ne bouge toujours pas. Il s'assoit et patiente un peu, mais plus rien. Il reprend sa course et atteint enfin le sommet. Il se pose sur un rocher, reprend son souffle et regarde autour de lui. Tout en admirant ce paysage qui lui tient tant à cœur, il se rend vite compte que Perdy n'est pas là. Il regarde encore et appelle en même temps. Il ne panique pas pour autant, reste assis et attend. Ce nouveau terrain de jeu a de quoi amuser Perdy. De temps en temps, Bellamy appelle sa chienne de manière à ce qu'elle comprenne qu'il est toujours là, à l'attendre. Ce n'est que vingt minutes plus tard qu'une boule de poils blanche à taches noires refait surface à l'orée de la forêt. Elle est groggy, littéralement lessivée, la queue et les oreilles basses. Martin met ça sur le dos de l'épuisement et redescend jusqu'à l'hôtel en marchant, afin que Perdy récupère de son escapade.

Ce n'est que quelques semaines après que Martin saura le fin mot de la fatigue de sa chienne. Perdy donne naissance à deux chiots. Ils sont adorables. L'un est gris avec la queue blanche tachetée de noir, le second est cendré et noir avec des zones pommelées. Le vétérinaire confirme avec différents tests que le papa est bien un loup.

Deux mois ont passé. Martin Bellamy se rend avec Joseph Maurici et toute sa petite famille au Centre national d'instruction cynophile de la Gendarmerie de Gramat. Les deux gendarmes ne tarissent pas d'éloges concernant les performances innées de sa chienne. Ils vantent les qualités de son flair ainsi que ses facultés légendaires, et ne cachent certainement pas les origines des chiots. Après une série d'épreuves de compétences de la mère et des petits, les bébés sont recrutés par le CNICG dès leur quatrième mois, pour le plus grand bonheur de tous.

Leur instinct naturel ne les trompera sans doute jamais dans leur future carrière de chien d'intervention.

Épilogue

Aller chercher la véritable essence d'une personne, en se hasardant au-delà des apparences.

Telle est la morale de cette déchirante affaire.

Les faux-semblants de ces événements ont eu raison sur la vérité et entraîné des conséquences dévastatrices : le sacrifice des innocents.

La révélation est là, à portée de ma plume, et je vais vous la dévoiler. Cette affaire est d'une certaine manière, en partie la mienne. J'en suis le protagoniste initial. J'espère que cette histoire vous a captivé autant que j'ai pris plaisir à l'écrire. Afin de préserver ma sécurité, certains noms et lieux ont été changés. Néanmoins, j'ai souhaité conserver l'identité des gendarmes de la Section de Recherche. De la provocation, me direz-vous ? Oui, certainement. Je sais qu'ils ne lâcheront pas l'affaire et ce livre est une piste, une brèche que je laisse volontairement ouverte, pour que le jeu continue. Combien de temps, cela prendra avant qu'ils ne tombent dessus ? Mon œuvre, mon hommage à Marie Lacombe.

Marie Lacombe la jeune institutrice dont je suis tombé secrètement amoureux, tout à fait par hasard. Un jour ordinaire comme tous les autres, alors que je me promène dans la rue, le long de la cour de l'école, des petits garnements me jettent des cailloux. Une pierre m'atteint à la tête. Marie Lacombe se dirige vers les enfants en les disputant et constate que mon front saigne abondamment. Confuse, elle m'invite à pénétrer à l'intérieur de l'école et me donne les premiers soins.

Elle est belle, radieuse et elle sent divinement bon. Elle désinfecte la plaie avec la plus grande douceur, en ne cessant de s'excuser. Il n'en faut pas davantage pour que je tombe raide dingue de cette créature envoyée des anges.

Par la suite, il me faut trouver un stratagème pour la revoir. Cela prend du temps, beaucoup de temps. Mais avant ça, je me contente de l'observer pendant les récréations, secrètement.

La littérature! Les enseignants raffolent des livres. C'est ainsi que je suis devenu écrivain pour la jeunesse, avec les histoires de «Rosalie la tortue». Rien de très étonnant pour un ancien libraire. Un bon moyen pour revoir Marie, régulièrement. Le plan fonctionne à merveille, nous sympathisons très vite et finalement j'intègre l'école deux jours par semaine pour y animer des ateliers lecture pour les différentes classes. Je suis d'un tempérament assez timide, malgré un physique qui ne laisse pas les enseignantes de marbre, à chacune de mes visites. Je ne suis donc pas du genre à brusquer les choses. Je remarque tout de suite une alliance à l'annulaire gauche de Marie, mais je ne me résigne pas et ne prends pas cet anneau sacré pour un obstacle. Je le vois comme un challenge, un défi.

Tout bascule le jour où je me décide à déclarer ma flamme, subtilement. En arrivant dans la cour, bien déterminé à inviter Marie à déjeuner pendant la pause méridienne, je perçois des clameurs de félicitations. Je suis mis au parfum avant même de prendre le temps de saluer tout le monde : Marie est enceinte!... Et elle paraît heureuse et épanouie.

La bouteille est ma meilleure amie, depuis que j'ai mis la clé sous la porte de ma librairie. Ces dernières semaines, ma consommation a diminué avec la volonté de conquérir le cœur de ma belle. L'annonce de la grossesse de Marie a finalement ruiné tous mes efforts. Je noie mon désespoir, de plus belle.

À l'approche de la kermesse de l'école, je suis tout naturellement convié à y participer, ce que je fais contraint et forcé. Je m'éclipse assez tôt, j'observe et je rôde, tout en buvant au goulot de ma fiole, en toute discrétion. Marie sort enfin de la cour au bras de son mari qui l'embrasse tendrement, avant de la laisser partir à pied. Je vois rouge, mes poils se hérissent le long de mon échine, en même temps que le sang me monte à la tête. L'alcool, la rancœur et la haine me dictent de la suivre.

La suite, vous la connaissez.

C'est ce soir-là, en repartant, que l'adjudant Maurici me contrôle en état d'ébriété au lieu-dit Les Sept Chemins, puis, que je passe la nuit en cellule de dégrisement. Le permis de conduire suspendu, l'adjudant appelle un taxi pour me raccompagner. Le taxi de Laurent Charvet dans lequel j'oublie misérablement le souvenir que j'avais pris soin d'emporter : le foulard Hermès de Marie.

La suite, vous la connaissez encore.

Ce livre, cette confession, est un moyen de rendre un bel hommage à cette petite enseignante que j'aimais tant et que j'ai détruite. Mais, c'est avant tout l'art de vous faire prendre conscience de ne jamais vous fier aux apparences.

Je suis aujourd'hui un auteur auto édité. Je change de nom et d'apparence à chaque nouvelle parution d'un de mes livres. Je me grime et me déguise. Je suis un homme, et par moment, une femme. J'excelle dans l'art de me travestir. C'est aussi de cette façon que j'ai pu acquérir ma maison. L'ancien nid d'amour de Marie et Éric ; là, où tout s'est passé.

Certains d'entre vous m'ont déjà croisé à maintes reprises au cours de salons littéraires, ne soupçonnant pas un instant mon identité. Nous avons ri, discuté, mais nous n'avons jamais fait de selfies. Souvenez-vous de cet (te) auteur(e) qui plaisante sur le fait qu'il ou elle est recherché(e) par Interpol et ne peut se permettre de faire des photos, tout en coupant court pour aborder un autre sujet.

Ça y est, ça vous revient ?

Nos vies sont faites de destins croisés, ne l'oubliez jamais.

Aux dernières nouvelles, le couple Laurent et Céline Charvet ne s'est pas remis de cette double tragédie. Laurent a subi de nombreuses greffes de peau. Il a vécu un véritable calvaire durant des mois, sur son lit d'hôpital. Il souffre encore d'hallucinations et de crises de paranoïa. Céline a fait un long séjour en HP. Ils ont divorcé, peu de temps après s'être retrouvés.

Aujourd'hui, à Chabanière, la vie a repris son cours. Cette affaire a provoqué un certain émoi dans le village. Personne n'a oublié le petit Léo et sa maîtresse, Marilyne Escoffier.

Cette expérience m'a passionné. Écrire une histoire dont on est le protagoniste initial est très excitant.

Jules Renard disait : «Il faut vivre pour écrire et non pas écrire pour vivre».

Mes chers lecteurs, ne cherchez plus Victor Dahan. Il n'existera plus que dans vos mémoires. Je vous donne rendez-vous très bientôt, sous un autre nom, sous une autre apparence.

À présent, il me faut vivre le pire pour écrire le meilleur.

Remerciements

Il y a six ans de ça, je couchais mes premiers mots sur le papier. De ces phrases mises bout à bout et sorties tout droit de mon imagination débordante, est né mon premier polar en 2018. Une extraordinaire et étourdissante aventure.

Aujourd'hui, je suis heureuse d'avoir pu le rééditer pour vous le faire découvrir ou redécouvrir dans sa version poche. Mais, il n'aurait certainement pas vu le jour et ne serait pas non plus ce qu'il est, sans la complice et talentueuse collaboration d'Hélène Babouot.

Je tiens également à remercier tous ceux qui, d'une manière ou d'une autre, m'ont aidée, par leur participation, leur soutien, leur savoir, les conseils qu'ils ont partagés sans compter. Ils ont cru en moi et en mon projet d'écriture et m'ont portée jusque-là.

Je réalise que j'ai une chance inouïe d'avoir de belles personnes à mes côtés.

Merci à mes lecteurs qui ont découvert ma plume et à ceux qui s'apprêtent à la découvrir grâce à ce nouveau format.

Du même auteur

GENÈSE
Les corps de trois femmes enceintes sont découverts sur les berges d'un lac, dans trois départements différents.
D'après les premières constatations, le meurtrier s'est littéralement acharné sur les victimes, à l'arme blanche.
Était-il réellement seul ?

LE MAL DOMINANT
Deux enfants disparaissent sans laisser de traces. Trois mois plus tard, la dépouille d'une jeune femme, en partie dévorée par des animaux est découverte. L'affaire fait ressurgir celle du corps d'un très jeune garçon retrouvé sur les berges d'un étang, victime lui aussi d'un mystérieux animal sanguinaire. L'enfant n'est autre que le plus jeune des deux frères disparus. Dans ce scénario funeste, Arthur, le deuxième enfant sera-t-il retrouvé avant qu'il ne soit trop tard ?

Correction et mise en page : Hélène Babouot
www.helene-babouot.com/

Édition : BoD – Books on Demand, info@bod.fr
Impression : BoD – Books on Demand,
In de Tarpen 42, Norderstedt (Allemagne)
Impression à la demande.

ISBN : 978-2-3222-0520-2

Dépôt légal : Mars 2023

Tous droits de reproduction, d'adaptation et de traduction,
intégrale ou partielle réservés pour tous pays.
L'auteur est seul propriétaire des droits et
responsable du contenu de ce livre.